GETTE

PAR

MARIE STRAHL

ILLUSTRATIONS

DE

JEAN GEOFFROY

PARIS.
LIBRAIRIE CH. DELAGRAVE
15 rue Soufflot.

GETTE

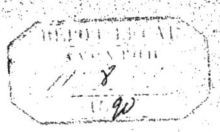

GETTE

SOCIÉTÉ ANONYME D'IMPRIMERIE DE VILLEFRANCHE-DE-ROUERGUE
Jules Bardoux, Directeur.

GETTE

PAR

MARIE STRAHL

ILLUSTRATIONS DE J. GEOFFROY

PARIS

LIBRAIRIE CH. DELAGRAVE

15, RUE SOUFFLOT, 15

1890

GETTE

I

« Une nouvelle ! une nouvelle ! »

A cette exclamation, partie à la fois de plusieurs points de la salle, les têtes plus ou moins ébouriffées d'une soixantaine de fillettes se tournèrent vers la porte, qui venait de s'ouvrir. Une toute petite main en tenait la poignée de cuivre, pendant qu'une enfant blonde, intimidée par tant de regards curieux, baissait les yeux avec trouble et confusion.

Neuf heures sonnaient à l'horloge de la cathédrale. Or, depuis huit heures et demie, l'ordre le plus parfait n'avait cessé de régner dans la neuvième division de l'école primaire des filles. Mais voici qu'au beau milieu du déchiffrement des nombres, au moment où toutes les élèves énonçaient avec un merveilleux ensemble 3 fois 3 font... la distraction venait soudain se mettre de la partie. Quelques acharnées à l'étude complétèrent... font 9, mais la majorité, sous le coup d'une curiosité invincible, oublia les chiffres pour considérer, bouche béante, la retardataire.

Sœur Victoire, qui remontait la pendule, au cadre peint de fleurs, se retourna sur sa chaise pour connaître la cause de l'interruption. Sa figure quelque peu sévère effaroucha davantage la petite fille, qui, lâchant la porte, sembla encore plus embarrassée qu'auparavant.

La mise soignée de l'enfant différait beaucoup de celle de la plupart des élèves de la classe. Son doux visage était absolument dépourvu de l'expression hardie que donne souvent le manque d'une éducation première.

Il faut le dire, la neuvième division de l'école primaire de Schlestadt, en Alsace, ne passait pas précisément, en 1868, pour le lieu de plaisance où les parents aisés envoyaient de préférence leurs filles, et la société n'y brillait ni par l'élégance du costume ni par la grâce des manières. Aussi la bonne sœur hésitait-elle avant d'adresser la parole à l'enfant.

Celle-ci, remise de son trouble, s'approcha de l'institutrice et levant sur elle ses grands yeux bruns :

« Je viens en classe chez vous, ma sœur, lui dit-elle avec gentillesse.

— Votre nom, mon enfant ? demanda sœur Victoire de sa voix la plus engageante.

— Gette, ma sœur. On m'appelle Gette, mais ce n'est pas mon nom tout entier. Il est là, sur ce papier, avec mon âge et tout ce que vous voudrez savoir. Petit père me l'a dit.

— Et vous êtes venue toute seule ici, Gette ? »

Avant de répondre à cette question, l'enfant regarda la sœur en souriant à demi. Elle parut ensuite se hausser sur ses pieds, puis d'un ton digne :

« Mais je suis bien assez grande pour cela, fit-elle. J'ai sept ans depuis ce matin. »

Un petit air tout à fait résolu remplaçait alors l'expression timide du visage de Gette. Celles des fillettes qui comprenaient le français se prirent à rire. Les autres les imitèrent. Après avoir parcouru des yeux l'extrait de naissance présenté par Gette, sœur Victoire la conduisit jusqu'au premier banc, et, la faisant asseoir à côté d'une fillette du même âge, elle dit à celle-ci :

« Voici une petite amie, Ditz. Connais-tu Georgette Bernard ? »

Les deux enfants échangèrent un regard et un sourire, sans que Ditz répondît à l'institutrice.

Un moment Gette resta immobile, ne sachant comment se tenir.

Alors sa voisine lui prit les deux mains, lui fit mettre une paume contre l'autre et, ainsi croisées, les lui posa sur le banc de bois, placé devant elles en guise de pupitre. Gette se laissa faire, à demi étonnée, à demi charmée d'être assise comme les autres.

« Une nouvelle ! une nouvelle ! »

L'ordre s'était rétabli dans la classe, et Gette, regardant sur le livre de Ditz, tâchait d'imiter tout le monde. L'exercice de calcul terminé, on se mit à épeler au tableau, en suivant le mouvement d'une baguette de bois que la sœur y promenait de ligne en ligne.

Gette semblait humiliée, et ses longs cils s'abaissaient plus que jamais sur ses grands yeux.

Ditz l'épiait, curieuse de connaître le motif du silence de sa voisine. Quant à la sœur, trop occupée de sa classe pour surveiller la nouvelle, elle s'efforçait d'attirer l'attention des élèves sur le tableau à grosses lettres.

« Walter! Schneider! Bapp! épelez toute seule! » disait-elle de temps en temps.

Les petites obéissaient, par crainte du bonnet d'âne, se trompaient, et se rasseyaient confuses.

« Oh! les vilains noms! » pensait Gette à chaque nouvel appel.

Et elle se redressait, fière du sien, lorsqu'une grande fille de dix ans crut devoir remarquer :

« Sœur Victoire Bernard n'épelle pas. »

La sœur se tourna vers Gette.

« Épelez toute seule, Bernard! » commanda-t-elle.

Un coup de fouet la cinglant au visage n'eût pas produit sur la petite fille un effet plus mordant que cette apellation masculine.

Rouge de surprise et peut-être de dépit, elle obéit en lisant couramment :

« Épi, fenêtre, gerbe, herse. »

De petits rires étouffés accueillirent ce nouveau genre d'épellation, et sœur Victoire enjoignit à l'enfant de se rasseoir.

Un instant après, rangées deux par deux, les petites filles allèrent prendre leur récréation dans la grande cour, jonchée des feuilles des acacias dépouillés par l'automne.

Dans l'espace restreint réservé aux toutes petites, il s'organisa instantanément des rondes et des parties de corde. Mais Gette, soit timidité, soit orgueil, ne se mêla pas à ses compagnes. Elle se tint appuyée contre la haute porte, très occupée à contempler le bout de ses ongles roses.

Ditz, si tranquille et si sérieuse en classe, sautait à cœur joie, lorsque tout à coup, se retournant, elle aperçut sa voisine; conduite par un bon mouvement, elle se rapprocha de Gette. L'enfant leva les yeux et sourit à sa compagne de tout à l'heure.

« Veux-tu sauter avec moi, Bernard? » demanda la petite Ditz.

Pour la seconde fois, un rouge ardent colora le visage de Gette, qui ne répondit pas.

« Est-ce que tu boudes, Bernard? » reprit Ditz.

L'enfant se détourna brusquement; mais Ditz ne tint pas compte de cette mauvaise disposition. Elle prit la main de Gette par un geste affectueux, et la regardant en face:

« Écoute, lui dit-elle, lorsque la sœur t'a fait asseoir à côté de moi, tu m'as plu tout de suite. Je voudrais bien être ta camarade d'abord, parce que tu es plus gentille que les autres, et ensuite parce que tu parles français ! »

Gette sembla s'adoucir.

« Toi aussi, tu m'as plu tout de suite, répondit-elle. Je serai ton amie, si tu veux... seulement...

— Seulement quoi? demanda vivement Ditz.

— Seulement ne pas m'appeller Bernard, mais Gette. Personne ne m'a nommée autrement avant que j'entre ici. »

Et comme Ditz riait :

« Oui, continua la petite fille en s'animant de plus belle ; appelle-moi Gette, n'est-ce pas, Ditz? Je crois que je t'aimerais davantage si tu avais un plus joli nom. »

Dizt rougit jusqu'à la racine de ses cheveux noirs, peignés à la chinoise, et ses yeux foncés brillèrent comme des escarboucles.

« Est-ce que Louise n'est pas un joli nom? demanda-t-elle.

— Oh! si, bien joli!

— Eh bien, c'est le mien.

— Louise! fit Gette en battant des mains. Oh! maintenant je vais t'aimer pour de bon. Mais, ajouta-t-elle après avoir réfléchi pendant une grande minute, est-ce que les petites filles de l'école ont toutes de jolis noms comme le tien? Pourquoi donc la sœur les appelle-t-elle Walter, Schneider...?

— Ce sont leurs noms de famille, et je crois que la sœur les emploie pour ne pas se tromper. Il y a au moins quinze Marie et dix Louise dans notre classe, et je n'y connais qu'une Walter, qu'une Schneider, qu'une Ditz, qui est moi. Tu vois bien...

— Mais il n'y a qu'une Gette ! s'écria la petite fille, qui tenait au maintien de son nom d'enfant.

— C'est vrai... seulement on ne fera pas d'exception pour toi seule, » répondit Louise.

La glace était rompue. Les deux fillettes remontèrent ensemble les degrés de pierre conduisant au rez-de-chaussée, et, le signal de la rentrée étant donné, elles reprirent leurs places.

Toutes les petites filles tirèrent alors des ardoises de dessous leurs bancs et se mirent à copier les lettres de leurs modèles.

« Faites comme les autres, Bernard, dit la sœur à Gette, dont les mains croisées s'appuyaient sur le banc.

— C'est que, moi, j'écris sur des cahiers !

— Vous savez donc écrire ?

— Oh ! depuis longtemps, ma sœur. Je fais déjà de belles pages. »

Et Gette reprit son attitude digne et fière du matin.

« Alors montrez ce que vous savez faire, dit la sœur en plaçant une feuille de papier et une plume devant la fillette. »

Toutes les têtes se levèrent. Un mouvement de curiosité s'empara, pour la seconde fois, de la classe entière ; mais cela ne déconcerta pas Gette. Elle écrivit sérieusement, posément, et ne cessa que lorsque la cloche de l'établissement eût donné le signal de la fin des études.

La sœur vint enlever la page remplie, la déposa sur son pupitre et commença la prière, que toutes ces voix d'enfant répétèrent, après la maîtresse, en écorchant les mots, avec l'aplomb de l'ignorance et la certitude d'avoir bien dit. Lorsqu'elles eurent fait le signe de la croix, Louise s'élança à la recherche de la capeline bleue et du manteau de son amie.

Une dizaine d'enfants, pressées de s'emmitoufler, avaient déjà fait main basse sur les objets de toilette suspendus aux crochets, piétinant sans gêne sur les vêtements de leurs compagnes. Louise dut engager une bataille pour reconquérir ce qu'elle cherchait, et l'on en fût certes venu aux ongles, si sœur Victoire ne s'était interposée.

Les petites mauvaises s'éloignèrent en soufflant à l'oreille de Louise :

« Gare, si nous te rattrapons, fifi de la sœur ! »

L'enfant ne savait si elle devait rire ou se fâcher de cette menace. Gette et elle, cela ne faisait que deux contre toutes! Mais Louise ne laissa pas voir sa préoccupation à son amie. Elle aida tranquillement Gette à remettre ses vêtements de sortie, puis, bras dessus, bras dessous, les deux enfants traversèrent la cour, à la suite des élèves, dont les rangs ne devaient se rompre qu'auprès de la cathédrale.

II

EUGÈNE

La débandade eut lieu avec mille cris, aussitôt que la maîtresse en donna le signal. Gette et Louise n'avaient pas fait vingt pas qu'elles se virent cernées de toutes parts. Une dizaine de petites filles les entouraient, leur prodiguant des épithètes qui ne brillaient pas par la bienveillance. Gette se serra timidement contre Louise, comme si elle eût attendu aide et protection de sa compagne, dont le maintien était, en effet, singulièrement calme. Il y avait une sorte de dédain dans l'expression des traits de la petite Ditz, qui, se gardant de répondre aux invectives des grossières fillettes, s'efforçait de franchir leur cercle compact, tandis que de grosses larmes commençaient à couler le long des joues de Gette. A cette manifestation de cette impuissante douleur, une joie délirante s'empara de la bande indomptée, qui se mit à danser une folle sarabande autour des deux enfants. Ce jeu eût continué longtemps encore si Louise ne se fût écriée soudain, avec l'accent indescriptible de quelqu'un qui va se noyer :

« Eugène ! Eugène ! »

Un écolier d'une douzaine d'années apparaissait en ce moment à l'entrée de la rue. Il marchait allégrement, les deux mains dans ses poches, en sifflant un air de fanfare. Voler au groupe, se rendre compte de la situation, puis distribuer à droite et à gauche des taloches bien appliquées, ce fut pour lui l'affaire d'une seconde. Les assaillantes, qui n'avaient pas eu le temps de se reconnaître, prirent la fuite dans toutes les directions, comme une bande de moineaux effarouchés.

Louise se suspendit alors au bras de l'écolier, en disant à Gette avec fierté :

Les assaillantes prirent la fuite dans toutes les directions.

« C'est mon frère! »

Eugène considérait, de son côté, la compagne de sa sœur.

« Quelle est cette petite? » demanda-t-il d'un ton de protection comique.

Gette ne fut pas blessée de la question de l'écolier, qui lui faisait l'effet d'un grand jeune homme. Elle le regardait de son air moitié sauvage, moitié résolu, et, tout en repoussant les boucles de ses cheveux blonds sous sa capeline, elle répondit en souriant :

« Je me nomme Gette ! »

Le jeune garçon partit d'un bruyant éclat de rire...

« Gette ! Gette ! répéta-t-il. Oh ! oh ! où as-tu pêché ce nom-là ? »]

Louise vit que l'enfant allait pleurer. Elle serra le bras de son frère et lui dit tout bas :

« Elle s'appelle Georgette Bernard. Elle est bien gentille ! »

Les enfants arrivaient à la place d'Armes. Gette poussa un soupir. Louise lui avait annoncé qu'elle demeurait tout près de là. Par conséquent, la petite fille devait faire toute seule le reste du chemin. Eugène s'aperçut de sa tristesse.

« Où demeures-tu donc, Gette ? demanda-t-il, sans rire, cette fois.

— Au Chemin-Neuf ! répondit l'enfant en soupirant plus fort.

— Si loin que ça ! Mais alors... »

Il passa sa main dans son épaisse chevelure noire.

« Viens dit-il, je vais te reconduire chez toi.

— Je viens aussi ; attendez donc ! » leur cria Louise, restée en arrière.

Et l'on se mit en route.

Chemin faisant, Gette raconta son histoire.

Elle était fille unique d'un capitaine en retraite. Sa grand'mère l'élevait, parce que, toute petite, elle avait perdu sa mère. Elle aimait beaucoup bonne maman ; pas autant toutefois que petit père, qui la gâtait et faisait toujours sa volonté.

« Alors tu n'as ni frère ni sœur ? fit Eugène lorsqu'elle s'arrêta pour reprendre haleine.

— Oh ! non. Je serais pourtant si contente d'en avoir !

« Bonne maman est trop sérieuse pour jouer avec moi. Je m'ennuie bien souvent, va !

— Est-ce là ta maison ? demanda Eugène lorsqu'ils furent arrivés au Chemin-Neuf, et que la petite fille, quittant sa main, courut à une porte, qu'elle ouvrit.

— Oui, » répondit Gette.

Et comme Louise et son frère restaient dans la rue, elle leur fit signe de la suivre.

« On nous attend chez nous, dirent ensemble le frère et la sœur. Au revoir, Gette ! »

Mais l'enfant avait saisi l'une des mains de chacun de ses amis, pour les attirer dans le corridor, pendant qu'elle appelait de toute la force de sa voix claire :

« Bonne maman, viens donc vite ! »

Une dame âgée sortit aussitôt d'une pièce voisine.

« Qu'arrive-t-il, Gette ? demanda-t-elle. Qui sont ces enfants ?

— Ça, c'est Louise, une amie de classe, dit Gette, et ça Eugène, son frère. N'est-ce pas qu'ils sont gentils ? Et maintenant, ajouta-t-elle gracieusement en s'adressant aux deux enfants, vous allez dîner avec nous. N'est-ce pas, bonne maman, qu'il le faut ? »

Mᵐᵉ Bernard ne sembla pas précisément charmée de la fantaisie de Gette. Eugène, embarrassé de son personnage, tournait et retournait son képi entre ses doigts, cherchant un moyen de s'esquiver. Louise se rapprocha de sa petite amie :

« Au revoir, Gette, dit-elle. Maman nous attend pour dîner ! »

La petite fille commença par faire une moue très significative, puis revenant à la charge :

« Mais non, mais non ! Vous allez rester avec moi. N'est-ce pas, bonne maman ? Dis-leur qu'il le faut, qu'il le faut absolument !

— Mais s'ils ne veulent pas ; si leur maman les attend ! » répondit Mᵐᵉ Bernard.

A ce moment un bruit de pas se fit entendre dans l'escalier. Gette s'élança au-devant de la personne qui descendait, et, sans attendre que les dernières marches fussent franchies, elle s'écria :

« N'est-ce pas, papa, qu'ils vont dîner avec nous ?

— Qui cela, ma fille ? » demanda une voix bienveillante.

Un homme d'une cinquantaine d'années apparaissait à l'extrémité du corridor. On devinait en lui un ancien militaire. Ses cheveux entièrement blancs, contrastant avec les sourcils, les moustaches et l'impériale, restés du plus beau noir, le douaient d'une physionomie non ordinaire. L'aïeule et l'enfant, bien qu'aux extrêmes limites de la vie, avaient avec lui un air de famille qui eût fait dire par tout étranger, à l'une : « Vous êtes sa mère; » à l'autre : « Tu es sa fille. »

Louise et son frère ne se sentirent que plus intimidés par l'arrivée de M. Bernard. Ils se tenaient serrés l'un contre l'autre, n'osant ni avancer ni reculer. Gette raconta avec volubilité ce qui s'était passé en classe : comment les petites filles avaient failli leur faire un mauvais parti, à Louise et à elle; l'heureuse intervention d'Eugène et, enfin, comme quoi elle était revenue conduite par le frère et la sœur.

« Tu vois bien, papa, conclut-elle, qu'ils n'ont pas raison de refuser mon invitation. Dis-le-leur donc. »

M. Bernard souriait à sa fille, devenue toute rose par l'animation.

« Mes amis, fit-il en s'efforçant de prendre un air grave, acceptez, croyez-moi. On ne résiste pas à Gette. Elle est trop habituée à voir satisfaire ses volontés. »

Ce fut Eugène qui se chargea de répondre. La grâce du langage n'est pas habituellement le défaut dominant des collégiens. Le moyen, à douze ans, d'étudier le latin et le grec et de se mettre encore en peine des vaines formules de l'étiquette !

« M'sieu, dit-il du ton qu'il eût pris avec un pion, nous avons ramené Gette, mais nous ne pouvons nous arrêter davantage. Bonjour. »

Gette trépignait d'impatience. De sa vie pareille chose ne lui était arrivée. Son père, réellement embarrassé, cherchait un biais et crut l'avoir trouvé :

« Calme-toi, Gette, dit-il ; si ta jeune amie ne peut pas rester avec nous aujourd'hui, je l'invite à venir passer ici la journée entière jeudi prochain.

— Eugène aussi ! Eugène aussi ! s'écria Gette à demi remise. Tu veux bien, dis, Eugène ? »

Mais le collégien ne répondit pas.

Disons tout de suite qu'Eugène et Louise étaient tout simplement les enfants de braves épiciers, estimés de tout le monde, mais qui ne faisaient certes pas grande figure dans Schlestadt. Si simple que fût le capitaine, il semblait au jeune garçon qu'il était dans une situation plus élevée que ses parents. D'autre part, quand on a douze ans, on devient un petit

homme, et Eugène se trouvait humilié de devenir le compagnon de jeux
d'une gamine. M. Bernard lut tout cela dans son regard.

« Mon ami, dit-il, c'est moi qui vous invite. Vous me plaisez beaucoup.
Nous ferons ensemble une partie de dominos ou de loto, au choix. »

Cette fois tout le monde fut d'accord. Gette battit des mains et embrassa ses deux nouveaux amis, comme elle l'eût fait pour de vieilles
connaissances. Elle les suivit des yeux jusqu'à ce qu'ils eurent disparu
au coin de la rue, puis elle revint sautillante à son père. Ils entrèrent
tous deux dans la salle à manger, où Gette se débarrassa de sa capeline
et de son manteau.

Elle causa gaiement en attendant le dîner. Le capitaine riait aux larmes tout en écoutant la petite fille, dont les gestes parlaient autant que
la voix. Les sœurs, les élèves, la cour, la bataille manquée, tout enfin
trouva place dans le récit détaillé de Gette, qui le ponctuait en tirant,
tantôt à droite, tantôt à gauche, les crocs de la moustache de son père.

Une odeur appétissante remplit bientôt la pièce, et Gette, après avoir
promené son petit nez du côté de la cuisine, s'assit, toute joyeuse, auprès du capitaine.

« Il y a de la tarte aux pommes ! dit-elle d'un ton confidentiel. — Oh !
bonne maman, ajouta-t-elle presque aussitôt, tu sais pourtant que je
n'aime pas la soupe ! Pourquoi en as-tu fait faire ?

— Tu en mangeras ta part, ma fille. Quand on a sept ans, on n'est
plus un bébé. Tu feras donc comme tout le monde. »

Mme Bernard voulait être obéie. Gette ne répliqua pas, mais elle fit une
nouvelle moue. On l'avait tant gâtée jusque-là ! Elle garda un silence bou-
deur pendant le reste du dîner, et la tarte aux pommes elle-même
n'obtint pas un accueil enthousiaste de sa part. A une heure, l'enfant
reprit le chemin de l'école, après avoir embrassé son père de tout son
cœur, et bonne maman en détournant un peu la tête.

« André, dit Mme Bernard lorsque Gette eut disparu, nous avons gâté
cette petite à plaisir, et nous ne tarderons pas à en recueillir les fruits.
N'as-tu pas remarqué tout à l'heure ? Elle me boude parce que je l'oblige
à manger.

— Je voudrais bien voir que Gette eût de la rancune !... J'y mettrais

2

bon ordre, dit le capitaine. Non, ma mère, vous exagérez un peu. Gette a été vexée parce que vous n'avez pas paru contente de voir ses nouveaux petits amis. Voilà tout.

— Aussi pourquoi as-tu tenu à la mettre à cette école primaire, où vont les enfants de n'importe qui, et d'où elle ramène des camarades qui viennent ici sans être invités?

— Prenez garde, ma bonne mère, dit le capitaine, prenez garde de vous fâcher trop vite. Vous avez bien raison d'être difficile pour les relations de Gette. Mais cette petite camarade me semble fort gentille; son frère aussi. Nous verrons, au reste, quand ils auront dîné avec nous.

— Quoi! feras-tu vraiment venir ici ces enfants?

— Gette les a choisis. Et puis je me suis engagé, en invitant ce petit homme et sa sœur.

— C'est vrai, dit la grand'mère : il n'est plus temps de changer d'avis.

— Ajoute, reprit le fils, que je n'ai pas peur de la voir en contact avec les enfants de l'école primaire. N'ai-je pas passé par là, moi aussi?

— Il le fallait.

— Sans doute, mais je ne le regrette pas. Vous ne le regrettez pas non plus, maman, car enfin vous avez toujours paru fière de votre fils. Cette égalité des écoles, où le maître n'a pas à tenir compte de la situation des parents, riches ou pauvres, puissants ou sans influence, où il ne s'occupe d'eux que pour l'attention qu'ils donnent aux progrès de leurs enfants, cette égalité a bien du bon, ma mère. Gette est un peu trop susceptible. Qu'elle garde une juste fierté, je le veux, mais puisse Dieu la préserver d'un sot orgueil! Eh bien, je trouve bon, à ce point de vue même, qu'elle soit arrivée seule, sans être recommandée aux maîtresses; qu'elle se soit assise timidement au banc qu'on lui a assigné, et qu'elle se soit estimée heureuse de conquérir les bonnes grâces d'une compagne. »

Et voyant que Mme Bernard, sans songer à contester, réfléchissait tout en tricotant :

« Je vois que vous serez bientôt de mon avis, ma mère, » dit-il.

Et ayant respectueusement embrassé la vieille dame, il partit faire un tour.

III

La page d'écriture de Gette n'était pas restée sur le pupitre de sœur Victoire, et dès l'après-midi du premier jour, l'enfant, interrogée par la directrice, avait été envoyée dans la sixième division.

Ce fut un gros chagrin pour Gette de se voir séparée de Louise, qui, de son côté, venait d'entrer dans la septième division. Cependant l'honneur était si grand que l'amour-propre de la fille du capitaine ne pouvait manquer d'être flatté, car Gette avait du penchant à l'orgueil. Mme Bernard et son fils témoignèrent même une telle satisfaction des succès de l'enfant, que peu s'en fallut que celle-ci ne se prît pour un personnage. Le capitaine ne tarda pas à s'apercevoir que Gette ne parlait plus d'elle qu'avec une certaine complaisance. Aussi dit-il à sa fille, le soir, lorsqu'elle revint s'asseoir sur ses genoux :

« Je suis très content de toi, très content! Seulement ne va pas te reposer sur tes lauriers, maintenant! Je veux dire, ne reste pas en arrière dans ta nouvelle classe, et dépêche-toi d'avancer.

— Oh! papa, répondit l'enfant avec animation, je suis la plus petite de chez nous, et il y a tout un banc de grandes filles derrière moi.

— Oui, mais devant toi combien y en a-t-il?

— Je ne sais pas au juste, fit Gette rêveuse. Peut-être cinq ou six!

— Eh bien, ma fille, tu vois qu'il s'agit de te donner de la peine.
Tâche d'arriver au premier banc d'ici à Pâques !

. — Je tâcherai, papa. Mais si tu crois qu'on entre au premier banc
comme ça, tout de suite ! »

L'enfant retourna en classe, confiante en elle-même cependant, car elle
était d'une nature ardente et aimait beaucoup l'étude. C'est dans ces
dispositions qu'elle vit arriver le jeudi tant désiré. Louise ne pouvait
se rapprocher d'elle que bien rarement. Toutefois, le mercredi soir,
les deux petites filles se rejoignirent après la classe, pour causer de la
journée du lendemain.

« Je n'oserai jamais dîner chez toi, Gette, disait Louise.

— Pourquoi? Est-ce que tu ne trouves pas petit père bien gentil?

— Si, Gette, mais la dame me fait peur !

— La dame? Ah! tu veux dire bonne maman ! Elle est cependant bien
bonne, tu verras.

— C'est égal, j'en ai peur... »

Et Louise, toute rouge, semblait brûler de l'envie d'annoncer à Gette
qu'elle ne viendrait pas.

Mais la petite fille se montra si désireuse de cette partie, que l'autre
finit par dire :

« A demain ! »

Gette, rayonnante, partit alors, très pressée de voir les préparatifs de
sa bonne maman. Jusque-là Mme Bernard n'avait pas pris au sérieux
l'invitation faite aux petits Ditz par le capitaine, et elle s'était contentée
de hocher la tête à chaque allusion de Gette à ce sujet. Mais la petite
fille tenait bon, et il fallait, bon gré, mal gré, se plier à son désir, et
préparer ce qu'elle nommait un bon petit dîner.

Dès le matin, l'enfant s'était glissée sans bruit dans une vaste pièce,
où, depuis des années, s'entassaient pêle-mêle les objets de rebut et ses
joujoux.

Elle se mit à trier ce qui devait servir à l'amusement de ses amis. C'est
là que le capitaine la trouva, assise par terre et sérieusement occupée.

« Vois-tu, papa... » commença-t-elle vivement dès qu'elle l'entrevit.
Mais en se retournant elle aperçut, derrière M. Bernard, un garçon de

dix à douze ans, chétif et roux, qui la regardait en souriant désagréablement.

« Aristide ! fit-elle d'un ton de dépit peu déguisé.

— Aristide vient dîner avec nous. Allons, embrassez-vous dit brusquement le capitaine, auquel le déplaisir de sa fille n'avait pas échappé. »

Levant sa petite griffe avec un geste menaçant...

Gette tendit sa joue rose aux lèvres épaisses du bonhomme, qui y appliqua un baiser retentissant.

« Voilà le zootrope, Aristide, dit la petite en se dégageant. Amuse-toi pendant que j'achève de ranger mes joujoux !

— Gette ! que signifient ces manières ? demanda sévèrement M. Bernard, pendant que le garçon allait chercher le jouet indiqué et que la petite fille reprenait son occupation.

— Ah ! papa, tu sais pourtant que je ne l'aime guère ! murmura Gette avec un regard expressif.

— On doit toujours aimer ses cousins, répondit le père sur le même ton.

— Mais pas lui ! il est trop méchant ! »

Aristide suivait d'un œil sournois le conciliabule du père et de l'enfant. Son poing, marqué de taches rousses, se crispait pendant qu'il faisait rageusement tourner le zootrope.

« Tu me payeras ça, petite chipie ! » marronnait-il entre ses dents.

« Viens ici, Aristide, commanda M. Bernard. Serait-il vrai que vous ne vous accordiez pas, ta cousine et toi ? »

Aristide baissa la tête. Gette releva davantage la sienne.

« Des fois, mon cousin, dit le garçon.

— Mais tâchez donc d'être raisonnables, une fois pour toutes ! fit le capitaine en leur donnant à tous deux des tapes amicales.

— Je voudrais bien, papa ; mais c'est lui !...

— Je voudrais bien, cousin ; mais c'est elle !... »

M. Bernard sortit. Il n'eut pas plus tôt tourné le dos que la discussion commença.

« Rapporteuse ! Tu te plains toujours de moi ! disait Aristide furieux.

— Avec cela que tu ne le mérites pas ! répliquait Gette.

— Il n'y a que les filles pour geindre sans cesse !

— Si tous les garçons te ressemblaient, ce serait bien malheureux ! »

Et Gette regarda insolemment son cousin.

« Tiens ! voilà pour toi ! » reprit celui-ci.

Et une gifle bien appliquée vint retentir sur la joue de l'enfant.

Gette ne poussa pas un cri, mais, levant sa petite griffe, elle l'enfonça dans le visage d'Aristide, comme l'eût fait une chatte.

Le petit garçon bondit sous ces ongles aigus, et, saisissant la résille qui renfermait les cheveux épais de Gette, il se mit à secouer violemment le contenant et le contenu. En ce moment M. Bernard reparaissait, accompagné d'Eugène et de Louise.

Les deux combattants vinrent à lui.

« Papa, papa ! regarde ! criait Gette à demi suffoquée et montrant le désordre de sa coiffure.

— Mon cousin, voyez comme elle m'a griffé ! » disait non moins vivement Aristide, en tendant sa joue endommagée vers M. Bernard.

Le capitaine se tourna sans répondre vers le frère et la sœur :

« Vous le voyez, mes amis, dit-il, on s'accorde ici comme chien et chat ! »

Mais, d'un tour de main, Gette avait déjà fourré ses cheveux sous la résille et était allée à ses amis, le sourire aux lèvres et les yeux brillants.

Elle les embrassa gaiement.

« Dînons-nous bientôt, papa ? demanda-t-elle.

— Pas avant que tu ne sois réconciliée avec Aristide ! répondit M. Bernard avec fermeté.

— Oh ! papa, il a été trop vilain !

— Oh ! cousin, l'honneur me le défend !

— C'est à lui de faire le premier pas !

— C'est à elle !

— Embrassez-vous, tonnerre ! ou je vous mets aux arrêts. »

On s'embrassa, avec l'envie de se mordre, il est vrai, mais on s'embrassa.

Puis Gette prit le bras de Louise pour lui montrer ses poupées, à qui elle avait mis leurs habits des dimanches.

« Après dîner, lui dit-elle, nous baptiserons le beau bébé que voilà ! Je l'appellerai Louise, et tu seras sa marraine. »

Louise restait interdite devant sa jolie filleule, dont la robe blanche et le bonnet étaient tout bouffants de dentelles. Eugène faisait marcher le zootrope, et poussait de francs éclats de rire à chaque tour de la boîte, pendant qu'Aristide, l'air maussade, grillait d'envie d'arracher cet objet divertissant au malencontreux compagnon qu'on lui donnait. Le capitaine, curieux de voir jusqu'à quel point l'accord régnait dans son petit monde, revint fort à propos pour faire cesser une situation très tendue entre les deux jeunes garçons.

« Mesdemoiselles et messieurs, vous êtes servis ! dit-il.

— Viens, Louise ! Viens, Eugène ! » fit Gette joyeuse.

Son père la retint pour lui souffler à l'oreille :

« Je te conseille d'être gentille avec Aristide. Tante Geiser est en bas. »

Tante Geiser, la sœur de Mme Bernard, était la grand'mère d'Aristide. Sans qu'elle eût pu dire pourquoi, Gette la craignait comme le feu.

C'est que cette vieille dame était de ces personnes qui, tout en ai-
mant les petits enfants, ne cherchent pas du tout à leur plaire.

Le dîner ne fut pas bien gai. Les petits Ditz se trouvaient absolument
dépaysés; aussi Gette demanda-t-elle bientôt à emporter sa part de dessert et celle de ses amis, pour le baptême.

« Viens aussi, Aristide ! » ajouta-t-elle, oubliant tous ses griefs.

Le petit garçon fit un geste qui signifiait nettement: « Laisse-moi
tranquille ! ».

— Va donc, mon bijou, lui dit tout bas Mme Geiser.

— Est-ce que tu crois que ça m'amuse ? » riposta aigrement le petit
garçon en posant ses coudes sur la table.

Il finit pourtant par se décider à suivre les autres enfants.

Le baptême projeté allait avoir lieu. Louise, la marraine, devait choisir son compère. Elle s'avança timidement vers Aristide :

« Veux-tu être le parrain? demanda-t-elle au déplaisant garçon.

— Pas avec toi, toujours, vilaine « gosse » ! répondit celui-ci en se
détournant.

Louise ne s'attendait pas à cette rebuffade. Elle revint confuse à son
amie.

« Oh ! cela ne fait rien, lui dit Gette l'air décidé. Nous jouerons sans lui. »

La cérémonie eut lieu avec toute la pompe imaginable. Gette avait
vidé plusieurs bonbonnières pour cette occasion. Des dragées délicieuses
furent lancées dans toutes les directions de la chambre. On déposa naturellement le bébé pour ramasser les friandises et les croquer à belles
dents. Aristide eût volontiers pris sa part des dragées ; mais il avait ap-
pris récemment à se méfier des ongles de Gette. Un dîner splendide suivit le baptême. Gette avait disposé le dessert sur une petite table. On
mangea gaiement, en laissant Aristide à ses réflexions.

Eugène se montrait aimable et complaisant pour ses petites compagnes;
cela doublait la fureur d'Aristide, qui, de plus en plus sombre, ruminait
sa vengeance, attendant le moment favorable à l'exécution de ses mauvais desseins. Enfin il s'approcha à pas de loup de l'endroit où Louise-
Eugénie, la nouvelle baptisée, dormait du sommeil de l'innocence, et,
saisissant le bébé par la ceinture, il lui fit décrire un moulinet rapide.

Aux cris de Gette, qui avait levé par hasard les yeux sur une glace lui renvoyant l'image de la scène, Eugène courut à Aristide, juste à temps pour préserver la petite Louise d'une chute dont les suites eussent été fatales. Gette berça un instant, avec une tendresse touchante, sa fille sauvée ; puis, la confiant à son amie, elle s'élança sur son cousin, les yeux étincelants et les ongles prêts à fonctionner. Aristide, terrifié, battait en retraite, lorsque la porte s'ouvrit : M. Bernard venait chercher les deux garçons pour la partie de dominos. Il vit l'attitude de sa fille.

« Encore, Gette ! dit-il sévèrement ; qu'y a-t-il donc ? »

Aristide, rouge comme une pivoine, garda le silence. Gette se mit alors à raconter avec volubilité, et en dardant sur son cousin des regards d'un mépris écrasant, la scène précédente.

« Voilà bien des charges contre toi, mon pauvre garçon ! prononça le capitaine, après l'accusation verbeuse de sa fille. Tu ne te défends pas ? »

Et voyant qu'Aristide persistait dans son silence :

« Tout cela est-il vrai, mon ami ? » demanda-t-il à Eugène.

A aucun prix le collégien n'eût voulu passer pour un rapporteur. Il rougit, mais ne dit rien.

« Seriez-vous donc tous coupables ? s'écria le père de Gette impatienté.

— Oh ! papa, c'est lui seul, je t'assure ! fit Gette, que la pensée de voir accuser ses amis troublait profondément.

— Venez, jeunes gens ! » dit M. Bernard après un silence.

Les deux collégiens le suivirent.

« Eugène va s'amuser pour sûr avec papa ! dit Gette lorsque les deux garçons furent sortis.

— Aristide est bien méchant ! observa Louise.

— Ah ! oui, répondit la fille du capitaine ; quand j'étais petite, j'avais bien peur de lui ; mais plus maintenant. Tu as vu ! Eh bien, c'est toujours comme ça lorsqu'il vient.

— N'est-ce pas qu'Eugène est gentil ? reprit Louise. Il fait toujours ce que je veux, parce qu'il est le plus grand. Il est si bon et si sage qu'il n'est jamais puni en classe ni à la maison. Aussi je l'aime bien, mon frère. »

Les joues de Louise s'étaient empourprées. Elle semblait transfigurée.

« Oh ! je voudrais tant avoir un frère aussi ! soupira Gette. Aristide ne serait pas le maître ici, et je ne l'inviterais jamais, jamais, à dîner. »

L'après-midi se passa gaiement pour les enfants, et il ne fallut rien moins que l'approche de la nuit pour les décider à se séparer.

« Vous reviendrez ? » leur dit la fille du capitaine.

Mais les petits Ditz ne répondirent que lorsque M. Bernard eut, à son tour, renouvelé l'invitation. Eugène sourit au père de Gette, et soulevant son képi :

« Quand vous voudrez, monsieur le capitaine, » fit-il.

M. Bernard rit, et le suivant du regard :

« Ce petit fera son chemin, parole d'honneur ! dit-il en rentrant avec Gette auprès des deux dames. Il parle d'entrer à Saint-Cyr, je suis sûr qu'il y arrivera.

— Qui vivra verra ! dit Mme Geiser, qui ne paraissait pas aussi enchantée des amis de sa petite nièce.

— Et vous, ma tante, que comptez-vous faire d'Aristide ? demanda le père de Gette, un peu piqué de la réponse de la vieille dame.

— Oh ! mon neveu, Aristide est de ceux qui entrent partout ! Tu veux faire ton droit, n'est-ce pas, mon chéri ? »

Comme la modestie n'était pas la vertu dominante d'Aristide, il vint se camper avec aplomb devant Mme Geiser, et avec une superbe assurance :

« Oui, bonne maman, répondit-il.

— N'es-tu pas de l'âge du petit Ditz ? demanda encore le capitaine.

— Je ne sais pas, mon cousin. Moi, j'ai douze ans.

— Eugène aussi ! dit Gette avec vivacité.

— Êtes-vous dans la même classe ? » continua M. Bernard, qui semblait s'être juré de jouir de la confusion du petit arrogant.

Aristide baissa la tête :

« Je fais ma septième..., dit-il presque bas.

— Eugène est en cinquième ! fit encore Gette de sa voix claire.

— Assez, mon neveu, dit sèchement Mme Geiser en étendant sa main. Aristide est trop intelligent pour se laisser devancer par ce marchand de mélasse. Il se fait tard. Viens, mon bijou. »

Gette se prêta aux embrassades de sa tante et de son cousin. Elle y

mit une grâce parfaite, et, pour la première fois de la journée, elle regarda amicalement Aristide. Lorsque l'aïeule et son petit-fils eurent disparu, l'enfant eut un accès de franche gaieté.

« Enfin, il est parti ! chanta-t-elle à l'oreille de son père.

— Veux-tu te taire, petite méchante ! dit le capitaine en riant.

— Oh ! ne mens pas, petit papa chéri, fit-elle en penchant sa tête
blonde sur l'épaule de son père, toi aussi, tu es bien content. »

IV.

OU ARISTIDE EST TRAITÉ COMME IL LE MÉRITE

Le dimanche suivant, Mme Bernard, tenant Gette par la main, revenait de la grand'messe. Bien que la saison fût avancée, il faisait très beau ce jour-là.

Un gai soleil découpait sur le pavé les silhouettes bizarres des vieux pignons et les toits carrés des maisons. Des uniformes militaires coudoyaient les costumes d'ouvriers endimanchés et les toilettes des bourgeois.

Sous les marronniers presque effeuillés de la place appelée le Vanolles, des bandes d'enfants jouaient au cerceau, à la balle, à la marelle, avec mille cris joyeux.

« Bonne maman, me permets-tu d'aller m'amuser avec Louise, que je vois là-bas? » dit Gette, apercevant à quelque distance la petite Ditz qui s'était arrêtée et semblait l'attendre.

La permission fut accordée.

Gette s'élança. Une seconde après elle passait ses deux mains par-dessus les épaules de son amie, et celle-ci sentait ses yeux fermés par deux petites paumes bien douces. Elle poussa un cri de surprise; puis, se souriant, les enfants se prirent par le bras et rejoignirent Eugène, qui s'amusait à gauler les derniers marrons du Vanolles.

« Il y en aura aussi pour Gette, n'est-ce pas, Eugène ? » cria Louise
dès que son frère put l'entendre.

Le collégien vint au-devant des petites et frappant sur ses poches gonflées :
« Il y en aura assez pour toutes les deux. »

Tirant alors son mouchoir, Gette l'étendit au pied d'un marronnier.
Eugène y déposa une vingtaine d'énormes marrons d'Inde, et l'enfant, qui
ne se sentait pas de joie, répétait en guise de remerciement :

« Comme tu es gentil, Eugène ! comme tu es gentil ! Aristide a souvent des marrons plein ses poches. Eh bien, jamais, jamais il ne m'en a
donné ! »

Comme si son nom prononcé par sa cousine eût été un appel, Aristide
arrivait à ce moment. Il était accompagné de deux amis, Marcel Lévy et
Paul Weber. *Ex æquo* en mérite classique, les trois gamins marchaient
crânement, le képi sur l'oreille et la tunique serrée. Ils lancèrent une pro-
vocation dédaigneuse au frère de Louise et frôlèrent en passant, comme
à dessein, les deux fillettes occupées à compter leurs marrons.

Aristide, qui s'attendait à une riposte énergique de la part d'Eugène,
s'était fait accompagner, afin d'avoir un renfort tout prêt sous la main.
Son rôle peu brillant du jeudi lui avait laissé une sourde rancune au
cœur. Le frère de Louise resta calme. Les trois preux descendirent jusqu'au bout de l'allée. Parvenus là, ils firent volte-face. Eugène les vit
revenir, un sourire narquois aux lèvres. Il lui répugnait d'avoir à se
retrouver en leur présence.

« Allons, allons, dit-il à Gette et à Louise, ramassez vos marrons. Il
faut rentrer dîner ! »

Les petites se hâtèrent. Mais Gette n'eut pas le temps de joindre les
quatre coins de son mouchoir, toujours étendu par terre. Un violent coup
de pied dispersa les marrons dans toutes les directions, et un rire moqueur
accompagna cet acte brutal. L'enfant leva la tête : Aristide était debout
devant elle, les mains dans ses poches, de l'air le plus fanfaron du monde,
sa large bouche fendue jusqu'aux oreilles par des éclats bruyants. Lévy et
Weber riaient aussi, d'un rire niais et bête : ils trouvaient la farce bonne.

Un coup de vent balaya le mouchoir jusqu'au ruisseau. Louise se mit
à sa poursuite, et le repêchait lorsque le capitaine se montra.

A cette apparition, Lévy et Weber battirent prudemment en retraite. Aristide en eût volontiers fait autant; mais Gette s'était accrochée aux parties charnues du visage de son cousin, dont la face, labourée par ses petites griffes, présenta bientôt un pitoyable aspect. Aristide hurlait, criant à l'aide, en vrai couard qu'il était. L'arrivée du capitaine fut pour lui la planche.

« Mon cousin ! mon cousin ! gémit-il, éperdu, en courant à M. Bernard.

— Il est vraiment désolant, Gette, que l'on ne puisse te laisser seule, sans qu'aussitôt tu aies maille à partir avec Aristide ! dit le capitaine.

— Mon cousin, s'écria celui-ci de sa voix dolente, Gette ne se contente plus de me griffer; elle me fait encore rosser par ce gamin ! »

L'insolente conduite d'Aristide avait eu, en effet, pour réponse immédiate, de la part d'Eugène, un soufflet bien appliqué.

L'aplomb avec lequel le vilain enfant accentua son accusation amena la rougeur sur le visage d'Eugène. Gette se suspendit au bras de son père.

« Tu ne crois pas ce qu'il dit, n'est-ce pas, papa? demanda-t-elle avec émotion. Écoute plutôt comment il s'est conduit ! Raconte-le, Eugène ! »

Le collégien secoua négativement la tête.

« Alors ce sera moi ! fit Gette d'un ton décidé.

— Tu me l'apprendras en marchant, » répondit M. Bernard.

Gette débita alors, tout d'un trait, le récit animé de ce qui s'était passé. Son père l'écouta d'un air attentif.

« Je défends dorénavant à Aristide..., commença le capitaine. Mais où donc est-il? »

Ses yeux le cherchèrent en vain. Le méchant garçon avait jugé à propos de gagner le large. Eugène et Louise seuls suivaient Gette et son père. Ils firent, l'un un timide salut, l'autre : « Bonjour, Gette ! » et s'apprêtèrent à s'éloigner. Le capitaine les retint.

« Mon petit ami, dit-il à Eugène, montre-toi toujours ce que tu as été tout à l'heure. Ne provoque jamais la dispute, mais sache te défendre au besoin. Retiens bien cela, et fais-en ton profit pour l'avenir.

— Oui, monsieur le capitaine, répondit le collégien.

— Venez quelquefois ensemble voir Gette. Aristide ne reparaîtra pas de sitôt ! »

Les petits Ditz partis, Gette, se hissant sur la pointe des pieds, embrassa son père avec force en s'écriant :

« Quel bonheur de ne plus voir Aristide ! Quel bonheur !

— Mais, à ton tour, je veux te faire une petite leçon, reprit M. Bernard, avant d'entrer dans la maison. »

L'enfant le regarda d'un air étonné.

Il était accompagné de deux amis.

« Tu ne te serviras plus de tes ongles, désormais. C'est si laid pour une demoiselle !

— Oh ! papa, je ne pouvais pas me défendre autrement ! » répliqua vivement Gette.

Comme le dîner était servi, il ne fut plus question de rien.

Ce fut auprès de Mme Geiser qu'Aristide alla se réfugier après son exploit de la matinée. Mais il avait mal fait son compte : son père le reçut dès l'entrée.

M. Geiser, juge au tribunal civil, était un homme d'un caractère sévère et ferme. Il s'apercevait, depuis quelque temps, que les ménagements qu'il avait eus pour son fils unique ne lui avaient pas réussi ; qu'il était effroyablement gâté : il était temps de s'arrêter dans cette voie.

Il remarqua qu'Aristide avait le visage en sang et les vêtements en désordre.

« Contre qui vous êtes-vous encore frotté, monsieur ? » demanda-t-il avec sévérité.

« Qui t'a traité de la sorte, mon trésor ? » disait en même temps Mme Geiser.

Aristide soupira de toutes ses forces avant de répondre, de sa voix la plus lamentable :

« C'est Gette, encore et toujours ! »

M. Geiser haussa les épaules.

« Tu ne veux pas le croire, mon fils, dit Mme Geiser en jetant un regard attendri à l'enfant. Aristide sera contraint de ne plus retourner chez son cousin, parce qu'il a pris fantaisie à cette mijaurée de s'engouer de deux petits va-nu-pieds ! Est-ce là une société pour ton fils et pour la fille du capitaine ? »

M. Geiser savait, par expérience, combien Aristide était insupportable à ses heures. Mais il ne voulut pas manquer d'égards à la vieille dame, qui ne voyait le petit garçon qu'à travers l'affection sans bornes qu'elle lui avait vouée. Aussi ne lui infligea-t-il pas immédiatement la punition méritée. Seulement, après dîner, et lorsque la grand'mère d'Aristide se trouva prête pour la promenade, M. Geiser déclara que son fils serait privé des chevaux de bois.

C'était la première fois qu'on usait de telle rigueur envers le jeune garçon.

Aristide espérait cependant que son père se laisserait attendrir. Mais cette espérance fut déçue, et il en souffrit d'autant plus qu'il aperçut, tout contre les petites voitures, Gette, rayonnante de joie et prête à s'y installer. Mme Bernard souriait à sa petite-fille et semblait attendre avec autant d'impatience que l'enfant l'arrêt de la machine. Près d'elles, une dame simplement mise, un collégien d'une douzaine d'années et une petite fille de la taille de Gette paraissaient animés du même désir. Aristide eut un mouvement de colère.

« Qu'as-tu? lui demanda son père, qui l'épiait.

— Ce sont eux! les... les « gosses »! fit le petit garçon, qui se contenait toutefois, sachant bien que M. Geiser ne tolérait pas les épithètes encore plus malsonnantes qu'il aurait voulu employer.

— Mais ces enfants m'ont l'air de valoir, au moins pour la tenue, certain petit monsieur que je ne nommerai pas! dit le juge d'un ton incisif. D'ailleurs cette dame, que je suppose être leur mère, a l'air fort bien. »

Aristide se mordit les lèvres sans ajouter une parole. Il vit, à son profond regret, que, d'un commun accord, ses parents s'empressaient de l'éloigner d'un endroit où il eût tant désiré passer un bon moment, et son visage prit une expression de plus en plus maussade.

Cependant ni Gette ni sa grand'mère ne s'étaient aperçues de la présence des Geiser, et, la manivelle s'étant enfin arrêtée, les deux fillettes grimpèrent lestement dans l'une des petites voitures, pendant qu'Eugène sautait sur un cheval.

Les enfants trouvèrent bien vite qu'un seul tour ne pouvait suffire à leur amusement. Il y en eut donc un second, puis un troisième.

« Toutes les bonnes choses sont trois, jamais plus! » dit alors Mme Bernard à sa petite fille, qui faisait observer que le plaisir avait été bien court.

Les paroles de sa grand'mère ramenèrent la sérénité sur son visage.

« Comme Louise, Eugène et moi, riposta-t-elle gaiement. Ça fait que, lorsque je suis seule avec Aristide, nous sommes deux, et ça va mal. Et ça va mal encore quand Aristide vient pour jouer avec nous. Aussi c'est fini, bonne maman. Tu ne l'inviteras plus? Dis oui! »

Pour toute réponse, Mme Bernard sourit.

V

LES SUITES D'UNE PARTIE DE TRAÎNEAU

L'hiver était tout à fait venu. Il y avait de la neige plein les rues et de la glace plein les rigoles. Gette assistait chaque jour, de sa fenêtre, aux batailles de boules de neige qui animaient le Chemin-Neuf, après les heures de classe.

Ce qu'elle aimait beaucoup aussi, c'étaient les marrons tout chauds ; aussi était-ce pour aller en chercher qu'elle sortit un soir avec Katel, la bonne de sa grand'mère. La neige était épaisse ; le vent sifflait et mugissait.

On était au 5 décembre, et c'était le marché de la Saint-Nicolas. La place d'Armes était couverte de baraques. Les lanternes commençaient à se balancer, tout allumées, au-dessus des séduisants étalages de pain d'épice et de jouets. Gette était émerveillée, et Katel, les yeux écarquillés, restait ébahie, dans sa naïveté villageoise. Gette et elle allaient d'une baraque à l'autre. Louise et Eugène faisaient, de leur côté, le tour du marché ; on s'arrêta à bavarder de tout ce que contenaient les boutiques.

« Veux-tu faire un tour de traîneau avec nous? demanda Louise à Gette quand on eut bien tout regardé.

— Tu as donc un traîneau? » fit la fillette, qui avait complètement oublié et les marrons et la promesse faite à bonne maman : « Je reviendrai tout de suite, tout de suite ! »

Un tour de traîneau ! C'était bien ce qu'on pouvait lui proposer de plus enchanteur. Gette battit des mains en voyant Eugène, qui tenait une espèce de longe, s'arrêter près d'elles.

« Katel ! Katel ! cria la petite fille. Je vais faire une promenade. Oh ! rien qu'une fois le tour des baraques ! »

Mais Katel n'entendait plus. Elle avait suivi le flot des flâneurs, et son attention était absorbée par toutes les magnificences qu'elle voyait dans les boutiques.

« Eh bien ! où est Katel ? demanda Gette.

— Je ne sais pas, dit Eugène, qui avait quitté les enfants un moment et qui revenait vers elles ; mais sois tranquille, nous allons te ramener chez toi dans le traîneau. »

Gette obéit, et Louise s'installa à côté d'elle.

« Maintenant, au galop ! Hue ! » cria le frère de Louise.

Et, s'attelant à l'équipage, il lui fit faire plusieurs fois le tour de la place. Louise riait de tout son cœur, et Gette aussi.

« Tiens, le marchand de marrons ! s'écria la fillette en passant devant la baraque du marchand ».

— Et justement voici Katel ! dit Eugène en s'arrêtant.

« Katel ! Katel ! Katel ! » appelèrent les enfants sur tous les tons.

La servante accourut, les traits encore décomposés par la frayeur qu'elle avait éprouvée en croyant avoir égaré Gette. La petite lui tendit six sous, et, pendant que la bonne achetait des marrons, Gette se serra, grelottante, contre Louise.

« Oh ! que j'ai froid, dit-elle. Mène-nous vite à la maison, Eugène ! »

Le collégien s'attela de nouveau au traîneau, qui vola sur la neige durcie.

Le capitaine sortait pour aller à la recherche de sa fille, lorsque le traîneau déboucha de la rue voisine.

« Petit père ! papa ! appela la voix caressante de l'enfant.

— Ah ! te voilà enfin ! répondit M. Bernard, dont l'inquiétude se transformait en sévérité. Il n'est plus l'heure de la promenade ! Une autre fois, qu'on t'y reprenne, Gette ! Tu m'entends ! »

La petite fille regarda son père. Les épais sourcils du capitaine formaient un bourrelet menaçant au-dessus de ses yeux, et sa bouche avait un pli de sérieux mécontentement. Gette se blottit contre Louise et se mit à pleurer. Eugène tenait la longe d'un air piteux.

« Ne restez pas sur place, maintenant ; vous allez geler reprit M. Bernard plus doucement, en faisant descendre sa fille. Merci, petit, ajouta-t-il. Ne sortez plus si tard une autre fois et rentrez bien vite chez vous. »

Le capitaine posa Gette sur les coussins du canapé de la salle à manger. L'enfant s'y pelotonna ; elle grelottait encore, mais elle n'osait rien en dire, se sachant en faute. Ses joues étaient d'un rouge ardent, et ses mains brûlaient. M. Bernard la prit sur ses genoux. Elle abandonna sa tête sur l'épaule de son père, et ses paupières retombèrent à demi sur le globe alangui de ses yeux. Effrayé, le capitaine lui demanda :

« Gette ! Gette ! qu'as-tu ?

— Je veux me coucher, petit père, » dit-elle d'une voix si basse qu'il l'entendit à peine.

Mme Bernard se hâta d'aller entr'ouvrir le petit lit de Gette. Lorsque l'enfant y fut déposée, le capitaine s'assit auprès avec anxiété. Il se revoyait près du lit des enfants qu'il avait perdus et de celui de la mère de Gette.

De grosses larmes coulèrent sur son visage bronzé.

L'enfant parlait avec volubilité de la Saint-Nicolas, des poupées, du traîneau, des marrons, d'Aristide et des petits Ditz.

Dès le point du jour, Katel fut envoyée chercher le médecin, qui vint en toute hâte. Il resta longtemps à considérer l'enfant.

« Très sérieux ! dit-il en se tournant vers M. Bernard.

— Y a-t-il donc... danger... imminent ? »

Le docteur hésita :

« Pas précisément... mais...

— Oh ! conservez-la-moi, docteur ! conservez-la-moi !

— Vos soins ni les miens ne lui manqueront... Bon courage, mon ami. »

Et le docteur mit tout son cœur dans l'étreinte dont il serra la main du capitaine.

Cet état inquiétant dura plusieurs jours.

Selon leur coutume, Eugène et Louise étaient arrivés le jeudi, l'un pour faire la partie avec le capitaine, l'autre pour montrer la splendide poupée apportée par saint Nicolas. M. Bernard leur annonça, dès le seuil, que Gette était bien, bien malade, mais sans y ajouter la moindre

« Oh ! que j'ai froid ! » dit Gette.

observation qui eût rapport à la promenade nocturne du 5 décembre. Eugène devina ce que le capitaine taisait.

« Est-ce que Gette aurait attrapé froid ? Il y avait tant de neige mardi soir ! » dit-il.

M. Bernard éluda la question. Pour rien au monde il n'eût voulu laisser supposer que la maladie de sa fille vînt de là.

« Je voudrais bien la voir ! dit Louise, presque bas.

— Elle ne te reconnaîtrait pas en ce moment, » répondit le capitaine.

L'enfant se mit à pleurer, ne comprenant pas pourquoi on lui défendait d'approcher de sa petite amie.

Le lendemain, aussitôt de retour en classe, Louise alla solliciter auprès de la sœur la prière publique pour Gette. Depuis que la petite fille fréquentait l'école primaire, il était arrivé plusieurs fois déjà que cette prière en commun avait été demandée pour des malades. Elle s'en souvint en ce moment, comme de la seule chose en son pouvoir. Son petit cœur battait du désir d'intéresser tout le monde à la guérison de son amie.

« Est-ce que Gette se remettra pour sûr, ma sœur, si nous prions pour elle ? ajouta-t-elle lorsqu'elle eut fait sa demande.

— Si vous priez bien, peut-être ! » répondit la sœur, touchée de la préoccupation de sa petite élève.

Louise ne se le fit pas répéter. On lui avait reproché souvent d'avoir l'attention portée ailleurs, soit à l'église, soit en classe. Cette fois, ses yeux baissés ne s'égarèrent pas une seconde.

Eugène n'osait plus retourner au Chemin-Neuf. Mme Ditz, répondant à l'anxiété de ses enfants, envoyait chaque matin aux informations.

Pendant quinze jours on ne lui rapporta, pour toute réponse, que ces mots peu rassurants :

« Mauvaise nuit ; fièvre continuelle. »

VI

SAUVÉE

« Bonne maman! bonne maman ! »

La voix qui prononçait ces mots était faible, les yeux qui parcouraient la chambre étaient cernés de bleu; mais sur la figure émaciée et pâle de la petite malade toute trace de fièvre avait disparu. C'était la seizième journée de la maladie de Gette. Le capitaine et Mᵐᵉ Bernard s'étaient relayés jour et nuit à son chevet. Tour à tour ils avaient épié le retour de la vie sur le visage inanimé de l'enfant adorée. Pendant longtemps cette vie ne s'était manifestée que par un redoublement de fièvre, et à chaque visite le docteur avait hoché la tête d'un air de plus en plus grave.

Il était huit heures du matin. Mᵐᵉ Bernard, qui veillait depuis minuit, avait laissé retomber sur sa poitrine sa tête appesantie. Elle n'avait pas entendu le faible appel de Gette.

En ce moment, M. Bernard entrait sur la pointe des pieds. Il redoubla de précautions en voyant sa mère endormie, sa mère qui n'était plus que l'ombre d'elle-même. Il s'approcha lentement de sa fille ; les traits hâves de l'enfant le frappèrent de frayeur; mais, comme il étouffait un sanglot, les yeux, les grands yeux bruns de Gette s'ouvrirent entièrement, et la même voix de tout à l'heure, faible comme un souffle et distincte seulement à l'oreille du père, une petite voix brisée murmura :

« Petit père chéri ! papa !... »

C'était le réveil attendu ! C'était la vie, enfin ! Éperdu de bonheur, le capitaine cria à sa mère :

« Elle vit, maman ! Gette est sauvée ! »

Ce cri, fait de pleurs et de sons à peine articulés, produisit sur Mme Bernard une commotion électrique. Elle se leva toute droite, et serrant la tête de son fils dans ses bras nerveux :

« Est-ce possible !... O mon Dieu ! » sanglota-t-elle.

Puis tous deux se rapprochèrent de l'enfant, riant et pleurant à la fois.

L'effort de Gette pour se faire entendre avait amené une défaillance. Elle dormait maintenant. Mais son visage si mince, aux narines pincées, avait pris une expression de calme qui ne s'y était jamais montrée durant ses longs jours de souffrance.

Le docteur arriva à neuf heures. Il se pencha sur le lit de la fillette et l'examina longuement.

« Soyez heureux, dit-il enfin; votre fille est sauvée !

— Oh ! docteur ! docteur ! » fit M. Bernard.

L'enfant se réveilla vers midi, elle appela :

« Papa !... Bonne maman ! »

Tous deux s'élancèrent aussitôt vers elle. Elle prit une des mains de son père en disant :

« Plus près... Toi aussi, bonne maman ! Ne me quittez pas. J'ai rêvé que j'étais bien malade et que le docteur était venu, et qu'il vous avait dit : « Votre enfant est sauvée ! » C'est drôle... je crois que... je suis... un peu malade... »

Ce fut une joie inexprimable pour Eugène et Louise lorsqu'on leur annonça que Gette était sauvée. Louise eût voulu voir tout de suite sa petite amie; mais on lui fit comprendre qu'elle ne devait pas aller chez les Bernard avant d'y être appelée.

On sut bientôt en classe que Gette était hors de danger. La pensée que leur prière avait été exaucée et qu'elles avaient peut-être été pour quelque chose dans la guérison de leur petite compagne d'étude, travailla les têtes des petites filles de la sixième division. Elles voulaient toutes savoir où demeurait la jolie petite fille dont, auparavant, plus d'une d'entre elles avait jalousé la mise soignée.

A quatre heures, lorsque la classe fut terminée, elles se dirigèrent par
bandes vers le Chemin-Neuf. Si Gette se fût senti la force de se tenir
debout, elle eût pris plaisir à constater l'intérêt qu'on lui portait. Mais
elle ne pouvait pas encore soulever sa tête, si faible, de dessus les oreil-
lers.

M. Bernard vit défiler devant la maison le cortège enfantin. Il se douta

« Petit père chéri! Papa!

que ce pouvait être les élèves de la division de Gette. Ouvrant une fenêtre
de la salle à manger, il fit signe à l'une des fillettes d'entrer.

Et, heureux du témoignage d'affection accordé si spontanément à sa
fille, il chargea la petite écolière de ses chaleureux remerciements pour
toute la classe, ajoutant :

« Je réserve à Gette tout le plaisir de leur prouver qu'elle n'est pas
une ingrate. »

« Quand reverrai-je Louise et Eugène »? demanda Gette peu de temps après, un jour qu'elle se sentait presque bien.

Mais Katel avait si bien fini par rejeter l'équipée de la Saint-Nicolas sur les petits Ditz, que Mme Bernard leur en gardait un profond ressentiment. Elle ne répondit à la prière de Gette que par un froncement de sourcils. La petite fille s'étant rendormie, elle crut que tout allait être oublié.

Cependant la question de Gette, à son réveil, fut identiquement la même.

« Bonne maman, quand verrai-je Eugène et Louise ? »

Le capitaine était survenu.

« Demain, ma petite Gette ! » dit-il en se penchant pour l'embrasser.

VII

Ni Louise ni son frère ne se firent prier pour se rendre à l'invitation de M. Bernard. Ils arrivèrent en courant, dès l'après-midi.

Gette se montra si heureuse de les voir, que Mme Bernard en oublia sa rancune. Louise dut s'asseoir tout près du lit et poser sa main dans celle de la petite malade, que ce contact semblait ranimer.

Mais Mme Ditz avait recommandé à ses enfants de revenir au bout d'une heure, au plus tard, de crainte de fatiguer Gette. Aussi, fidèles à leur promesse, ils se levèrent aussitôt que l'heure fut écoulée.

« Oh ! ne partez pas encore ! pria Gette.

— Ils reviendront demain, dit le capitaine, » voyant que sa fille était lasse.

Dès la semaine suivante, la convalescence ayant fait de sensibles progrès, Gette, chaudement enveloppée, passait une heure par jour dans un fauteuil; elle pouvait voir courir les pigeons et voleter les moineaux, à la recherche de leur nourriture. Pour prolonger son plaisir, Katel répandait des poignées de mie de pain sur le trottoir. Alors, de toutes parts, pigeons et moineaux arrivaient à tire-d'aile. De vraies batailles s'engageaient entre les voraces bipèdes, et plus d'un s'en allait, déplumé et traînant aile et queue.

Bien que Gette ne fût pas encore rétablie et qu'elle ne dût pas encore manger de bonbons, le 1ᵉʳ janvier avait été aussi riche de cadeaux que la Saint-Nicolas.

Les amis de la maison avaient déposé tant de sacs sur la table du salon, qu'elle demanda à les partager avec Eugène et Louise.

Aristide survint au moment où les parts étaient faites. Sa gourmandise, frustrée, ne lui permit pas de réprimer une grimace.

« Il faut recommencer le partage, Gette, dit Mᵐᵉ Bernard. Aristide ne serait pas content s'il n'avait rien. »

L'enfant eut un trépignement de dépit. Mais, ne voulant pas reprendre ce qu'elle avait donné, elle soupira, et, les yeux à demi clos par la fatigue :

« Donne-lui ma part, grand'maman, puisque je ne peux pas encore en manger. »

Aristide s'éloigna bientôt, emportant les friandises. Il en bourra ses poches; puis, grimpant aux mansardes et ouvrant une vieille malle, il y déposa ses paquets. Un lourd cornet de marrons glacés restait au fond de sa poche. Aristide redescendit et alla se promener sur les remparts jusqu'à ce que sa main, à force d'avoir voyagé de sa poche à sa bouche, ne rencontra plus qu'un cornet vide.

« Tiens, fit-il, désappointé, il n'y en avait pas plus que ça ! »

Et il reprit le chemin du grenier.

Eugène et Louise s'étaient esquivés pendant le sommeil de Gette. Louise emportait sa part de bonbons; mais toutes les instances de M. Bernard ne purent décider Eugène à prendre la sienne.

« Non, merci, monsieur, répétait-il, honteux d'être traité en enfant; je suis trop grand pour manger ces choses-là ! »

Le capitaine lui donna une tape amicale, qui lui fit plus de plaisir que tous les marrons glacés du monde.

On n'entendit plus parler d'Aristide avant le dimanche suivant.

Mais, après la grand'messe, Mᵐᵉ Geiser vint raconter que son petit-fils avait été très malade dans la nuit du jeudi.

« Parbleu ! une indigestion ! ne put s'empêcher de dire le capitaine, qui abhorrait la gloutonnerie d'Aristide.

— Ah ! vous le saviez donc ? continua la vieille dame en gémissant. Nous ne pouvons comprendre comment cela lui est venu. Aristide n'est pourtant pas gourmand !

— On le dit, ma tante !

Gette, chaudement enveloppée, passait une heure...

— Comment a-t-il pu avoir une indigestion ? Oh ! vous riez, mon neveu ! Il n'y a pourtant pas de quoi ! Nous avons été assez inquiets. Est-ce qu'Aristide aurait mangé quelque chose ici, jeudi ?

— Non, sur ma parole, répliqua vivement le capitaine. Mais demandez-lui donc, ma tante, demandez-lui, à brûle-pourpoint, ce qu'il a fait des six ou sept sacs de marrons, de pralines et autres que Gette lui a donnés. »

VIII

Enfin Gette se trouva complètement rétablie. Son visage avait repris ses fraîches couleurs, et ses cheveux, coupés ras pendant sa maladie, frisottaient maintenant, en bouclettes soyeuses, tout autour de son front.

Elle était redevenue si alerte et si joyeuse, qu'il eût été difficile de rencontrer une créature plus heureuse de vivre lorsque Katel la ramena à l'école pour la première fois.

Quand la porte de la classe s'ouvrit et que Gette apparut, souriante, sur le seuil, toute la division se leva pour l'accueillir. Les moins timides parmi les petites filles s'écrièrent, d'un commun accord :

« Gette ! Gette Bernard ! »

L'enfant alla tout d'abord au pupitre, où la maîtresse la reçut avec une joie plus contenue mais non moins réelle que celle des élèves, et, pendant que l'ordre se rétablissait dans la salle, Gette se haussait sur la pointe des pieds pour demander à voix basse :

« Me permettez-vous de les embrasser toutes ?

— Très volontiers, » répondit la sœur.

La petite fille ne se fit pas répéter la permission, et, s'avançant résolument vers le premier banc, elle embrassa la première des petites filles qui y étaient assises, et ne s'arrêta qu'après avoir déposé un baiser sonore sur le visage de la dernière fillette de la classe. Puis elle revint à son ancienne place, et reprit, sans qu'il fût nécessaire de les lui rappeler, ses habitudes d'écolière assidue.

Les leçons furent récitées, ce jour-là en dépit du bon sens. Toutes les pensées étaient à Gette; tous les regards se fixaient sur elle.

S'avançant résolument vers le premier banc...

Mais la fillette voulait encore témoigner autrement à ses compagnes sa reconnaissance de l'affection qu'elles lui avaient montrée pendant sa maladie. Son père lui avait permis de choisir le genre de plaisir qui pourrait leur être le plus agréable. Après en avoir conféré avec elles et avec la sœur, on se décida pour une partie de campagne à la Wick, un joli endroit dans la montagne, où on pourrait s'amuser toute la journée.

Mais ce rêve ne pouvait se réaliser qu'au mois de mai.

Malgré l'interminable lenteur du temps en pareille circonstance, la journée tant désirée arriva. Dès sept heures du matin, deux carrioles, garnies de bottes de paille, s'étaient arrêtées en dehors de la ville et se remplissaient de fillettes, impatientes de partir.

M. Bernard, qui avait amené sa fille, l'installa, en compagnie de Louise, dans une des voitures, pendant que Katel et une autre femme y plaçaient d'énormes paniers de provisions.

Les rustiques attelages s'ébranlèrent alors, et roulèrent pendant une heure entière sous un dôme de feuillage. Ravies d'aller en voiture, et dans l'attente des plaisirs que la journée leur promettait, les enfants avaient entonné leurs rondes les plus tapageuses; puis, quand le chemin devint plus raide, elles mirent pied à terre pour commencer l'ascension.

On parvint à une jolie clairière entourée de rochers escarpés. Une maison forestière avec quelques champs cultivés en occupaient le centre. Tout un bataillon de poules et d'oies salua, des cris les plus discordants, les visiteuses, charmées de ce concert inattendu.

Quelques instants après, une partie de cache-cache s'engageait; deux bandes partaient dans deux directions opposées et se cherchaient l'une l'autre, au milieu des cris et des éclats de rire.

Puis, l'heure du déjeuner ayant sonné, on ouvrit les paniers aux provisions, et les excellentes choses qu'ils contenaient, jointes à d'énormes jattes de lait et à un gâteau de miel tout entier, apportés de la maison forestière, constituèrent un festin tel que les petites filles n'en avaient jamais vu, et auquel elles firent honneur à qui mieux mieux.

Gette ne se lassait pas de jouir du contentement de ses compagnes, dont la gaieté exubérante augmentait d'instant en instant.

Toute la montagne retentissait des éclats de leurs voix. Le repas terminé, on se livra à d'autres amusements; puis il fallut songer au départ. Avant de quitter ce lieu de délices, les enfants s'assemblèrent autour de Gette. Les plus grandes, qui n'avaient pas pris part aux jeux bruyants de leurs petites compagnes, mais qui étaient restées une partie du jour avec plusieurs des maîtresses, dans un lieu retiré, où elles semblaient occupées de quelque travail mystérieux, s'avancèrent vers Gette. Elles la remercièrent gentiment de la journée de plaisir qu'elle leur avait procurée, en

lui présentant une mignonne guirlande de branches de sapin entrela-
cées de baies écarlates, semblables à du corail. Gette la prit, rouge de
plaisir ; puis, s'empressant d'enlever son chapeau, elle le remplaça par la
jolie couronne. Toutes les écolières alors, se prenant par la main, for-
mèrent une ronde autour d'elle, tandis que Gette, aussi joyeuse qu'elles-
mêmes, sautait et dansait au milieu du cercle. Quelques instants après on
remontait en voiture et on reprenait le chemin de la ville, chacun con-
servant au fond du cœur le souvenir de cette belle journée.

IX

Depuis cette promenade mémorable, dont les souvenirs défrayèrent pendant longtemps les conversations des petites filles, les liens d'affection qui les unissaient à Gette allaient en se resserrant. Quoique celle-ci obtînt tous les succès de la classe, on ne songeait pas à l'envier; toutes ses compagnes en étaient fières, au contraire. Gette réparait le temps perdu pendant sa maladie avec l'ardeur qui la caractérisait, et devançait les meilleures élèves. Elle fit même tant et si bien qu'elle vint s'asseoir, un samedi, à la première place, pour ne plus la quitter. On essaya d'autant moins de lui disputer la position conquise, qu'on sentait l'inutilité de lutter contre elle.

La fin de l'année scolaire était proche. Un jour du commencement d'août, Aristide, accompagné de sa grand'mère, vint annoncer aux Bernard que la distribution des prix du collège aurait lieu le samedi suivant.

« Comptes-tu avoir quelque chose, Aristide? lui demanda le capitaine.

— Un peu, mon cousin, répondit le collégien en se rengorgeant. »

Et son sourire en disait plus encore que ses paroles. Néanmoins M. Bernard ne s'y laissa pas prendre, tout en feignant d'être pénétré du mérite de son jeune parent.

« Voilà qui me fait plaisir, mon garçon! fit-il gaiement. J'irai donc te voir couronner, et applaudir de toutes mes forces à ton triomphe. »

Mᵐᵉ Bernard, plus crédule, complimenta son petit-neveu comme s'il
eût été certain de remporter tous les prix. Gette ouvrait tout larges ses
grands yeux bruns, ne pouvant en croire ses oreilles. Aristide couronné!
Elle était curieuse de voir ça! Aussi, bien qu'on fût dans le feu des
compositions finales, voulut-elle assister à la distribution des prix du
collège.

Le grand jour est arrivé...

Le grand jour est arrivé. Là-haut, sur l'estrade, des monceaux de
couronnes de lierre et des piles de livres attendent les jeunes lauréats.
Les guirlandes qui courent le long de la salle paraissent frissonner d'impatience. Les discours sont prononcés, et les noms de ceux qui doivent
récolter livres et couronnes retentissent.

On en est à la cinquième.

« Premier prix d'excellence. » — Est-ce le nom d'Aristide qui va être
proclamé?... Non; c'est celui de Ditz (Eugène). Les yeux de Gette brillent,

son visage s'anime. Elle se penche en avant pour mieux voir ; et lorsque
Eugène paraît au haut de l'estrade, elle est tentée de crier : « Bravo ! »

Un regard de tante Geiser la contient. La tante Geiser attend toujours
qu'on appelle Aristide. C'est en vain ; et tandis que le front d'Eugène
disparaît dix fois sous les lauriers, Aristide demeure immobile sur son
banc, accusant l'injustice des maîtres, qui méconnaissent ses mérites.

Parmi les éloges prodigués au jeune lauréat ceux du capitaine lui
furent particulièrement agréables.

« Quand on travaille comme toi, mon ami, lui avait dit le père de
Gette, on arrive à son but, quel qu'il soit ! Continue donc, et deviens un
homme ! »

Ce fut au son de la musique, jouant une marche triomphale,
qu'Eugène descendit de l'estrade pour la dernière fois, ses couronnes
enfilées à son bras gauche et ses mains chargées de brillants volumes.
Gette le suivait d'un regard amical. Elle était heureuse pour Louise, et
presque aussi fière qu'elle du succès de son grand ami.

Un instant après, la salle était vide, et le Chemin-Neuf se remplissait
de groupes joyeux, parmi lesquels on remarquait celui de la famille Ditz,
qui se partageait le fardeau trop embarrassant pour Eugène seul.

Les Bernard s'associaient à la joie unanime. Sur un geste impératif de
son père, Aristide se rapprocha lentement, en passant ses doigts osseux
entre les frisures de ses cheveux roux.

« ...Jour, mon cousin ! ...Jour, ma tante ! ...Jour, Gette... » fit-il.
Mais il manquait, au suprême degré, de son aplomb ordinaire.

« Aristide n'a donc rien eu du tout, papa ? Là, rien ? demanda Gette,
prise de pitié pour son cousin.

— Aristide n'a que ce qu'il a mérité ! » fit le capitaine.

Trois semaines plus tard, ce fut au tour de Gette de se faire couronner. Les apprêts de la fête étaient les mêmes que pour le collège. Mais
ce qui égayait, cette fois, le coup d'œil de la salle, c'étaient les rangées
de fillettes, vêtues de blanc, dont les douces voix se mêlaient, pour le
chant, à celles des garçons.

Ce jour attendu, désiré par Gette, lui parut le plus beau de sa vie.
Aussi comme son petit cœur battit lorsqu'elle entendit proclamer :

« Sixième classe. — Prix d'excellence : Bernard (Georgette). »

Elle crut n'arriver jamais au haut des marches, tant l'émotion paralysait ses mouvements. Elle se sentait prise de vertige ; mais déjà on se la passait de bras en bras, cette mignonne Gette, jusqu'à ce qu'on l'eût déposée sur les genoux de son père. Le capitaine feignit de ne pas la reconnaître. Il lui posa la couronne sur la tête, et, lui remettant un beau livre à tranches d'or :

« Je vois que vous avez bien travaillé, mademoiselle ! lui dit-il ; continuez à donner toujours autant de satisfaction à votre papa. »

Gette eût voulu répondre :

« Mais je suis ta petite Gette... Ne me reconnais-tu pas ? »

Elle n'osa pas, et, dans son trouble, elle redescendit les marches, la couronne de plus en plus enfoncée sur la tête.

X

Une année s'était écoulée. On était en 1870, à la fin de septembre. Les Français, attirés dans un piège, avaient déclaré la guerre à la Prusse, sans avoir ni le nombre d'hommes ni les alliés qu'il fallait pour la faire. Toute l'Allemagne armée se ruait sur la France, en passant par la malheureuse Alsace.

Un de nos corps d'armée avait été repoussé à Wissembourg ; le second dispersé à Wœrth, malgré la valeur héroïque des combattants, inférieurs en nombre ; le troisième écrasé à Forbach, toujours par des masses plus profondes, plus compactes et aussi mieux armées. Maintenant l'ennemi faisait le siège des places fortes, tout en poussant vers le cœur du pays le gros de son armée. Metz était investi comme Strasbourg. Schlestadt était assiégée, cernée par un cercle épais de fusils à aiguille et de canons Krupp. Il n'y avait pas de soldats dans la petite ville. Les quelques régiments qui n'étaient pas bloqués dans Metz ou pris à Sedan se trouvaient au centre du pays, et servaient de noyau pour reformer une armée improvisée. A Schlestadt, comme dans les autres petites forteresses, les habitants eurent à se défendre eux-mêmes. Les anciens soldats, ceux qui avaient payé déjà leur dette à la patrie, furent l'âme de la résistance.

Naturellement, le capitaine Bernard fut des premiers à offrir ses services au commandant de place. Il eut la surveillance et la direction d'une partie du rempart, avec le titre de « commandant de secteur ». Il s'agissait surtout, à partir du jour où les premiers obus prussiens vinrent éclater sur les fortifications, de montrer aux autres à rester là. Ce n'est pas facile, pour de braves gens arrachés du jour au lendemain à leur boutique, à leur atelier ou à leur cabinet, de tenir à leur poste quand les projectiles meurtriers tombent et que les éclats rejaillissent. La discipline est là pour les y contraindre. Mais il y faut avant tout la volonté. C'est cette volonté de tenir bon que développait la présence au rempart d'hommes connus et respectés comme le capitaine Bernard.

Pendant que celui-ci concourait à rendre ces services, M\ua Bernard avait voulu se rendre utile, dans la mesure de ses forces, et s'était mise à trier son linge afin d'y tailler des bandes ou d'en faire de la charpie. Elle ne voulut pas non plus que Gette restât inoccupée lorsqu'il était si facile d'accomplir une tâche patriotique. La fillette ne demandait pas mieux que d'imiter bonne maman. Elle devint bientôt si adroite à tirer, sans les casser, les fils de petits carrés de toile, pour faire de la charpie ou du linge fenestré, que, se jugeant passée maîtresse en son métier de fraîche date, elle voulut amener chez elle Louise et d'autres petites filles de l'école. La salle à manger des Bernard se transforma donc en atelier d'un nouveau genre, et ce fut à qui abattrait le plus de besogne.

Ainsi se passa la première partie des vacances.

Il n'y eut pas de prix cette année-là; tous les écoliers y avaient renoncé bénévolement, en faveur des blessés; aussi Aristide marchait tête haute, parlant avec crânerie du sacrifice accompli, comme pour donner à entendre qu'il avait largement contribué pour sa part à cette libéralité.

Quand il venait chez sa tante, son arrivée au milieu des petites ouvrières interrompait tout entrain. Les fillettes se taisaient devant lui et n'osaient plus lever les yeux, tant il les regardait avec mépris.

Il ne comprenait rien à ce qu'avait de touchant cette réunion de vieilles grand'mères et de petites filles, consacrant aux blessés, aux victimes du devoir accompli pour la France, tout ce qu'elles pouvaient donner : celles-là, les trésors de leurs vieilles armoires et leurs yeux fatigués déjà par l'âge ; celles-ci, la prestesse de leurs jeunes doigts.

Entrait-il dans l'atelier, c'était pour le bouleverser et taquiner les jeunes ouvrières par des niches qui, en toute circonstance, eussent été sottes et déplacées, et devenaient odieuses en un pareil moment.

Les petites filles se vengeaient des airs hautains et des mauvais tours du jeune garçon en disant chez elles ce qu'elles en pensaient. Aristide y gagna une renommée qui n'avait rien de flatteur. Il s'aperçut plus d'une fois que des bambins, pas plus hauts qu'une botte, se le montraient du doigt en ricanant. Ce fait ne pouvait être provoqué, selon lui, que par Eugène ou sa sœur, et ce fut un nouveau grief qu'il enregistra à l'actif des petits Ditz.

Mais le moment était bien mal choisi pour qu'Aristide laissât cours à ses rancunes. Les nouvelles de la guerre étaient aussi alarmantes que possible, et l'on se demandait avec anxiété où l'on se réfugierait au cas du bombardement de la ville. La cave des Bernard n'était pas voûtée ; celle des Geiser pas davantage ; le père de Gette et celui d'Aristide, qui étaient utiles à la défense, n'avaient pu songer à s'éloigner, et les deux grand'mères ne s'y étaient pas décidées non plus, malgré les instances de leurs fils. C'est seulement le jour où l'on dut renoncer à toute espérance de partir, Schlestadt étant bloqué de toutes parts, que M. Bernard se reprocha amèrement de n'avoir pas exigé le départ de sa vieille mère et de Gette.

Qu'adviendrait-il d'elles dans cette petite place, exposée de toutes parts ? On n'en était plus à apprendre que cette guerre terrible ne respectait rien, et que justement ce qu'il y avait de plus respectable était ce que les chefs et les soldats prussiens épargnaient le moins. Donc, quoique le drapeau blanc orné de la croix de Genève flottât sur l'hôpital, la proximité de ce bâtiment, aussi bien que celle de l'arsenal, devenait un danger immédiat pour la maison du capitaine. Les Geiser n'étaient pas mieux logés. Ils avaient, eux, un voisinage tout aussi dangereux : celui de la grande poudrière.

« Pauvre Gette ! pauvre Aristide ! » gémissaient les grand'mères, s'oubliant pour ne rêver qu'au salut de leurs enfants.

L'atelier de Gette s'était dispersé. Plusieurs des petites filles avaient quitté la ville, et les autres restaient chez elles, retenues par leurs parents, qui ne voulaient plus les savoir loin d'eux.

Le premier obus qui siffla dans les airs, annonçant le bombardement, vint éclater précisément à quelques mètres de la maison des Bernard. A ce moment, le capitaine revenait de l'hôtel de ville. Il pâlit à la vue du danger qu'avaient couru les deux créatures qu'il aimait plus que la vie, et monta, hors de lui, les quelques marches qui menaient à sa porte. Mᵐᵉ Bernard, ayant Gette entre les bras et Katel à ses côtés, pleurait et priait à la fois.

« Sauve-la, André ! » s'écria-t-elle d'un accent désespéré.

Le capitaine lui jeta un regard empreint d'une désolation sans bornes, tout en serrant sa fille contre sa poitrine oppressée.

Katel s'était rapprochée de la fenêtre. M. Bernard la vit se signer, comme elle en avait la coutume en temps d'orage ; puis il l'entendit pousser un cri d'horreur, tandis qu'elle se cachait le visage à deux mains.

Au bout de la rue, vers les remparts, une maison s'était embrasée. Presque instantanément, des jets de flammes sortirent par toutes les ouvertures ; une colonne de fumée monta vers le ciel gris, et les habitants s'élancèrent au dehors.

« Nous ne saurions rester ici, dit le capitaine, en essayant de paraître calme. Avisons avant la nuit noire et partons ! »

Il n'avait pas achevé sa phrase que la porte s'ouvrit précipitamment ; un homme en veste de travail apparaissait sur le seuil de la chambre.

« Mille excuses, capitaine, si j'entre sans frapper, dit-il. Mais, en entendant siffler les balles, nous avons pensé tout de suite à vous. Vous trouverez chez nous un asile sûr, du moins relativement. »

M. Bernard serra la main du brave homme, qui n'était autre que Ditz, et lui tendant Gette :

« Emportez-la ! Nous vous suivons ! » répondit-il, la voix étranglée par l'émotion.

L'enfant passa machinalement ses bras autour du cou du père de Louise et cacha sa figure, blanche de frayeur, sur sa large épaule.

Ditz traversa le Chemin-Neuf avec des précautions infinies ; puis, une fois dans la rue voisine, il se mit à fuir à toutes jambes jusque chez lui. Louise et Eugène vinrent au-devant de leur petite amie.

« Gette ! Gette ! Il ne t'est rien arrivé ? » s'écrièrent-ils, presque joyeux.

La fillette, encore dominée par l'épouvante, ne répondit pas. On l'installa dans un grand fauteuil de cuir, où son père, sa grand'mère et Katel la trouvèrent, dormant d'un sommeil agité.

« Laissons-la reposer autant qu'elle le pourra, dit M. Ditz avec un soupir. Pauvres petits êtres ! pourquoi n'avons-nous pas eu le courage de nous séparer de vous » ? ajouta-t-il en regardant Eugène et Louise, serrés l'un contre l'autre, pendant que Mme Bernard penchait son visage inquiet vers Gette.

Le capitaine était retourné aux remparts.

Deux journées et deux nuits épouvantables s'écoulèrent. Mme Ditz, dont le mari faisait partie de la compagnie des sauveteurs et était sans cesse exposé, dissimulait ses propres inquiétudes pour essayer de remonter le moral de Mme Bernard. Eugène errait dans la maison comme une âme en peine. Seules, Louise et Gette, tout heureuses d'être réunies, ne souffraient pas, de cet état de choses.

Elles ne trouvaient pas du tout qu'un bombardement fût aussi terrible qu'on le disait : leur extrême jeunesse les empêchait de comprendre ce qui se passait. La seule chose qui leur parût déplaisante était l'obligation de coucher tout habillées, afin d'être toujours prêtes à la fuite en cas d'alarme.

Vers le milieu de la troisième nuit, un bruit de pas et de gémissements réveilla tous ceux qui dormaient dans la cave des Ditz.

« Bonne maman, cria Gette somnolente, faut-il partir ? »

Au même moment le capitaine, muni d'une lanterne, entra dans le réduit.

« Je ne suis pas seul. Oh ! mère, cela va mal ! » dit-il tout bas.

Puis il s'écarta pour laisser passer Mme Geiser, rendue méconnaissable par la fumée et le feu.

« Ma sœur ! s'écria Mme Bernard en tendant ses bras, où celle-ci tomba en pleurant.

— Ne perdons pas de temps, Ditz, dit le capitaine, s'adressant au père de Louise, qui portait Aristide tout pâle et tout raide, et la tête renversée. Vite, avancez. Déposez-le sur la première couchette venue. »

Et après avoir regardé le jeune garçon à la lueur d'une lanterne, pendant que M. Ditz l'étendait tout de son long, il échangea avec son compagnon un regard douloureux.

« Il dort? » demanda Gette inquiète.

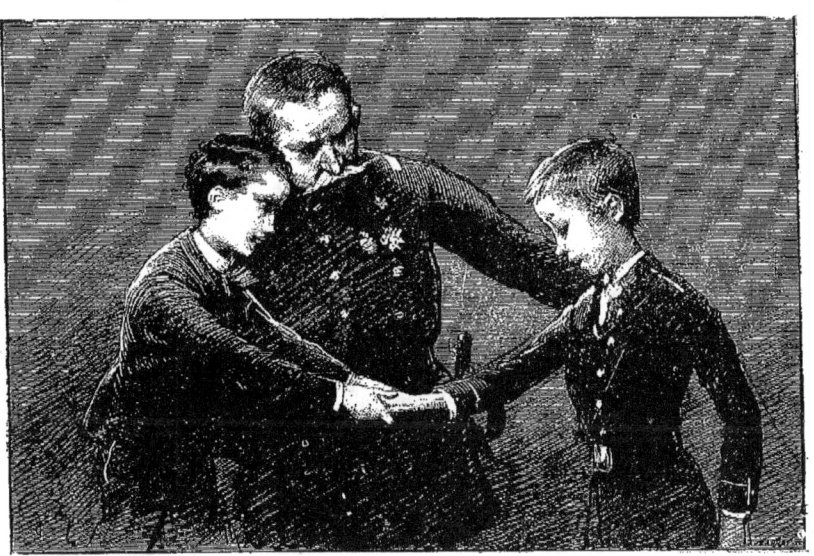

« Soyez amis à l'avenir, » dit-il d'un ton grave et ému.

Les deux hommes, se consultant entre eux, ne répondaient pas. Les trois enfants entouraient le lit.

« Il n'est qu'engourdi, n'est-ce pas, père? » reprit Eugène frissonnant.

On voyait qu'une autre pensée plus lugubre traversait son jeune esprit.

« Oui, rien de plus, j'espère, répondit tout bas le capitaine; mais il l'aura échappé belle. De l'eau!... et puis un peu d'air, si c'est possible... Éloignez-vous, enfants! »

Gette et Louise reculèrent de quelques pas.

« J'ai peur! » sanglota Gette.

— Moi aussi! fit Louise sur le même ton.

— Prions un peu, veux-tu? » murmura Gette.

Puis elle ajouta, en pleurant plus fort :

« Aristide... eh bien... je sens que je l'aime tout de même! »

Eugène revenait avec une écuelle d'eau, un peu de vinaigre et une éponge.

On n'entendit que des mots entrecoupés. Enfin M. Bernard qui, aidé de Ditz, n'avait cessé de frictionner le corps du malheureux enfant, se releva en poussant un soupir de soulagement.

« Vous pouvez approcher, ma tante, dit-il. Il revient à lui.

— Oh! si mon enfant m'est rendu, s'écria Mme Geiser, l'air égaré, qu'importe que ma maison soit brûlée, que nous soyons ruinés? Il est sauvé, n'est-ce pas?

— Ruinés! votre maison brûlée! » s'écrièrent Mme Bernard et la mère de Louise, la regardant avec stupeur. »

Oui, la maison de Mme Geiser était brûlée, et c'est à Ditz qu'elle devait sa vie et celle de son petit-fils. Aristide, surpris dans son sommeil, avait été arraché aux flammes, à moitié asphyxié déjà.

Le jeune garçon, revenant à lui, promenait autour de son lit des regards étonnés. Dès qu'il fut en état de la comprendre, sa grand'mère lui désigna son sauveur. Un sentiment de honte instinctive s'empara d'Aristide, pour la première fois de sa vie. Il tendit la main vers le père d'Eugène et lui demanda timidement la permission de l'embrasser. Le brave homme ne se fit pas prier; le capitaine alors, prenant la main de son neveu, la plaça dans celle d'Eugène.

« Soyez amis à l'avenir ! » dit-il d'un ton grave et ému.

Pendant ce temps, le bruit de la canonnade continuait; il dura ainsi jusqu'au lendemain matin et fut remplacé par un silence de mort. Tout le monde sortit alors pour voir ce qui se passait. La petite ville, à demi ruinée, avait dû se rendre à l'ennemi. Quelques heures plus tard, les troupes allemandes y faisaient leur entrée.

Comme il ne restait que des ruines fumantes de la demeure des

Geiser, le capitaine les décida à venir partager provisoirement la sienne.

Grâce à cet arrangement, les deux familles n'en formaient plus qu'une. Quand on sent près de soi le danger, cela réconforte un peu de le sentir en commun. Aussi Gette n'en voulait-elle pas du tout à Aristide d'avoir pris une place à la table de son père, entre bonne maman et elle. N'y gagnait-elle pas, de son côté, d'être gâtée par Mme Geiser autant que par Mme Bernard elle-même? La fille du capitaine se sentait donc parfaitement heureuse. Les jeudis mêmes se passaient presque sans discussions. C'est qu'Aristide aurait eu belle mine, vraiment, à chercher noise à Eugène! Pour le coup, c'eût été fini entre Gette et lui!

XI

LA DIPLOMATIE DE GETTE

Cependant, le grand danger du bombardement passé, le souvenir même s'en effaçait. Dès lors, Aristide, que la peur ne contenait plus, s'était retrouvé lui-même, c'est-à-dire qu'il avait retrouvé une assez méchante nature. Il était revenu à ses jeux habituels, des jeux brutaux, sournois, cruels parfois, mal imaginés toujours. Eugène avait refusé de s'y mêler, et Aristide, que la contradiction exaspérait, avait un jour tourné le dos à Eugène comme il entrait chez les Bernard. Une autre fois, il avait montré le poing à Louise.

C'est Gette qui l'avait remis à sa place :

« Je les aime ; si tu ne les aimes pas, va-t'en ! Plus de cousin, plus de cousine, je te le déclare. »

Aristide se l'était tenu pour dit.

Du reste, cette année devait être la dernière de leur vie en commun. L'enseignement français fut interdit dans toute l'Alsace, déclarée allemande, et les écoliers alsaciens se virent obligés de chercher ailleurs ce qu'ils ne trouvaient plus dans leur pays.

Il avait été décidé qu'Aristide irait au lycée de Nancy. Ce déplacement plaisait fort au collégien, qui s'imaginait y gagner en liberté. Gette devait partir sous peu pour Saint-Denis. Que la maison serait vide après cela ! Louise était désolée, bien que Gette lui promît toutes sortes de compensations à son absence : des lettres, des souvenirs et mille autres choses encore. Puis les vacances seraient si gaies !

Eugène ne se montrait plus.

« Qu'avons-nous donc fait à ton frère ? demanda un jour M. Bernard à Louise. Voilà un siècle qu'on ne l'a vu !

— C'est que... c'est qu'il travaille ! balbutia la fillette en devenant toute rouge.

— A quoi peut-il bien travailler ?

— Oh ! il aide papa maintenant. Il faut bien qu'il ait un métier, pour quand il sera grand !

— Un métier ! s'écria le capitaine étonné. Mais, avec les dispositions qu'on lui connaît, ne ferait-on pas mieux de lui laisser continuer ses études ? J'ai cru, jusqu'à présent, que nous en ferions un bel officier. »

Louise secoua la tête sans répondre.

« Oh ! je sais ce que c'est, moi ! fit Gette. M. Ditz dit que pour aller au lycée il faut de l'argent, beaucoup d'argent, bien plus qu'il n'en a.

— Est-ce vrai ? demanda M. Bernard à Louise.

— Oui, monsieur, murmura la fillette.

— Veux-tu aller me chercher ton frère ? »

Louise partit aussitôt... Cinq minutes après, elle revenait avec Eugène.

« Mon garçon, lui dit le capitaine, nous vivons à une époque où il ne faut pas rebrousser chemin quand on a mis le pied dans la bonne voie. Désires-tu toujours servir notre pauvre France ?

— Plus que jamais ! dit le jeune garçon en levant vers M. Bernard son regard brillant.

— C'est bien !... Je ferai tout pour t'en donner le moyen. »

Eugène ne demanda pas comment le capitaine s'y prendrait pour l'aider, mais il repartit plein de confiance.

Quinze jours plus tard, M. Bernard ouvrit, avec un vif empressement, une enveloppe que venait de lui remettre le facteur et poussa une exclamation joyeuse.

« Qu'est-ce que c'est, André ? dit Mᵐᵉ Bernard.

— La réponse, la réponse favorable à la demande que j'ai faite d'une bourse pour Eugène. »

Gette vint s'appuyer sur le bras de son père.

« Alors il pourra continuer ses études !... Oh ! petit père, veux-tu que j'aille le lui annoncer ? s'écria-t-elle, le visage rayonnant.

— Katel va t'y conduire... Tu m'amèneras simplement Eugène ici.

— Oui, papa. Mais... s'il devinait, par exemple, faudrait-il lui dire qu'il a trouvé juste ?

— Je m'en remets à toi, Gette, » répondit M. Bernard en riant.

La petite fille prit son chapeau, et le capitaine la vit traverser la rue en sautillant. On eût dit que la joie lui donnait des ailes.

Louise accourut en la voyant entrer au magasin d'épicerie.

« Viens-tu jouer ? s'écria-t-elle.

— Où est Eugène ? répliqua Gette, impatiente de remplir son message.

— Allons voir s'il est dans la petite cour.

— Chut ! doucement ! »

Mais elles eurent beau faire, la porte, une antique porte à contre-poids, retomba avec un vacarme d'enfer. Eugène, en bras de chemise, une scie à la main, se tourna vers les survenantes.

« Tiens, c'est toi, Gette ! dit-il en se remettant à scier de vieilles planches, provenant de caisses d'emballage.

— Oui, c'est moi, répondit Gette en se plaçant devant lui ; c'est moi... pour des choses importantes. Papa te demande tout de suite, » ajouta-t-elle.

Eugène rougit de plaisir et d'inquiétude à la fois. Une question montait à ses lèvres, mais son cœur battait trop fort pour lui permettre de parler.

Gette s'était promis de laisser son père annoncer toute la chose à Eugène. Elle n'était pas fâchée qu'il fût un peu de temps en suspens, pour qu'il eût plus de plaisir quand, après un peu d'attente, il apprendrait la bonne nouvelle. Quoique toute joyeuse, elle avait son air sérieux des grands jours, s'efforçant de garder la réserve d'une personne qui ne sait rien ou ne doit rien savoir.

Eugène la regardait, tremblant d'émotion, ne disant rien, mais n'ayant pas assez de calme pour chercher sa blouse et son képi, qu'il voulait mettre bien vite afin de courir et d'être fixé sur ce qu'on lui voulait.

Il balbutia enfin :

« Et alors, Gette, il s'agit de quoi ?

— Je n'ai plus rien à te dire. Je suis chargée de te faire venir tout de suite à la maison. Ma commission est faite.

— Mais alors, Gette, si tu ne me dis rien, si ce n'est pas... ce que je crois, c'est donc des choses fâcheuses ? »

L'imagination du pauvre garçon travaillait dans le vide. Il pâlissait comme s'il allait défaillir. Gette n'y tint plus.

« Eh bien, dit-elle, petit père a reçu une lettre pleine de choses qui te regardent ; de bonnes choses, tu sais ?

— Ah !... Il m'avait fait espérer le lycée... Alors, il a demandé une bourse pour moi... et il l'a obtenue ?

— Tu es un sorcier, Eugène. Je ne te l'aurais jamais dit, jamais ; mais, puisque tu l'as trouvé tout seul.. »

« Tu ne sais pas, papa, fit Gette à son père quelques instants après, en entrant comme un tourbillon, Eugène...

— Eh bien ?

— Il a deviné !...

— Pas possible !... répondit le capitaine en pinçant l'oreille d'Eugène. Il ne me reste donc que peu de chose à t'apprendre, poursuivit M. Bernard. La rentrée a lieu le 4 octobre. Ta bonne mère voudra bien préparer tes affaires d'ici là. Je m'entendrai avec elle, du reste. »

Aristide revenait de la promenade avec son père au moment où Eugène et Louise s'apprêtaient à retourner chez eux.

« Voilà un compagnon de voyage et d'études, Aristide, annonça le capitaine à son neveu : Eugène entre au lycée de Nancy. »

M. Geiser serra avec force la main du petit Ditz :

« J'en suis doublement heureux : pour toi d'abord, pour mon fils ensuite, dit-il. Une émulation du genre de la tienne ne peut que faire du bien à Aristide. »

XII

UNE SURPRISE

Le moment de la séparation est venu très rapidement. Les trois enfants se sont éloignés chacun de leur côté : les deux collégiens pour le lycée de Nancy, Gette pour Saint-Denis, emportant la joie de leurs familles.

Tout d'abord, la petite exilée s'était trouvée passablement dépaysée à Saint-Denis. Fort heureusement son isolement n'avait pas duré. Elle avait vu bientôt s'éveiller en sa faveur l'intérêt, puis la sympathie de ses compagnes : elle bénéficiait tout à la fois de ses qualités d'Alsacienne et de nouvelle venue.

Peu à peu ses lettres devinrent plus gaies.

Elle prenait plaisir à donner à son père et à sa grand'mère de longs détails sur ses amies, comme si Mme Bernard et le capitaine les eussent connues. Louise, à qui elle écrivait souvent aussi, trouvait ses billets émaillés de noms étrangers, et souffrait, au fond de son cœur, de la facilité avec laquelle Gette se liait avec des fillettes qu'elle voyait depuis si peu de temps. Mais lorsque, l'automne venu, le capitaine ramena sa fille pour les vacances, Louise constata, avec une surprise joyeuse, que Gette était restée aussi simple et aussi affectueuse qu'auparavant.

Plusieurs années se passèrent. Les deux enfants, tout en devenant jeunes filles, continuèrent à s'aimer de la même affection. C'est avec joie qu'elles se retrouvaient chaque année, et elles passaient alors ensemble deux mois qui leur rappelaient leur heureuse enfance.

Enfin le moment était arrivé où la fille du capitaine devait rentrer définitivement chez son père. Depuis quinze jours la maison était

« Comment! cette jolie petite fille, c'est moi! »

sens dessus dessous. Mme Bernard voulait rendre l'habitation de sa Gette aussi riante que possible. La chambre de la jeune fille avait subi une métamorphose complète. Une tapisserie à fond bleu, des rideaux et un tapis assortis en faisaient une sorte de sanctuaire virginal, rehaussé par quelques tableaux de piété, des petits meubles coquets et une étagère garnie de bibelots. On était au jour annoncé pour le retour. En dépit de son âge, Mme Bernard, transfigurée par le bonheur, allait d'une pièce à l'autre pour s'assurer que rien ne manquait à ses arrangements. Un

pas vif et pressé la fit se retourner sur le seuil de la chambre de Gette.
Louise, tenant un large carton à la main, montait l'escalier quatre à
quatre.

« Suis-je indiscrète en venant aujourd'hui, madame Bernard ? demanda-t-elle tout en s'arrêtant au haut des marches.

— N'es-tu pas toujours la bienvenue ici ? répondit la vieille dame.
Voyons, que nous apportes-tu là ?

— Oh ! peu de chose ! balbutia la jeune fille en serrant la boîte contre elle. Un petit cadre qui fera peut-être plaisir à Gette !

— Peut-on voir ? fit Mme Bernard en s'emparant du petit carton. C'est
peu de chose, dis-tu ? Je ne distingue pas trop bien le sujet du tableau,
n'ayant pas mes lunettes ; mais un aussi joli cadre doit entourer un dessin charmant. De qui est-il ? »

Louise sourit en posant un doigt sur sa bouche.

« Permettez-moi de l'accrocher là, au-dessus de la chiffonnière.
Katel m'a donné un marteau, et j'ai apporté des clous moi-même. »

Louise était tellement absorbée par sa besogne qu'elle n'entendit
pas deux baisers bruyants appliqués sur les joues de Mme Bernard. Elle
se reculait pour juger de l'effet du cadre, lorsqu'elle se sentit prise par
la taille. En se retournant, elle se trouva face à face avec Gette, qui souriait de sa stupéfaction.

« Mais qu'est-ce que ce dessin ? s'écria Gette en s'approchant du
cadre que Louise venait de suspendre au mur ; sais-tu que c'est très
joli !

— Est-il possible que tu ne te souviennes plus de cette scène ? Cette
petite fille couronnée de branches de sapin ; ces autres petites fillettes
qui dansent en rond... et puis ces arbres... ce kiosque...

— Comment ! cette jolie petite fille, c'est moi ?... Et l'auteur ?...

— L'auteur ?... balbutia Louise, en riant et en rougissant.

— Amie, c'est toi qui as fait ce dessin ! Qui se serait jamais douté
que tu eusses un pareil talent ! Je l'ai toujours dit, ajouta-t-elle en
l'embrassant, tu es une cachotière.

— Les voilà donc, ses occupations ! dit à son tour M. Bernard, qui
était entré avec sa fille. Figure-toi, Gette, que nous ne l'avons presque

pas vue cet été. Bonne maman ne pouvait la décider à nous donner une seule journée... Elle était si occupée ! »

Les deux jeunes filles descendirent, bras dessus, bras dessous, pour faire honneur au repas préparé par Katel ; puis, quelques instants après, Louise quittait Gette pour retourner au magasin, où elle servait la clientèle pendant que Mme Ditz s'occupait du ménage.

XIII

UNE GRAVE AFFAIRE

Il ne fallut pas longtemps à Gette pour se mettre tout à fait au train de vie de sa petite ville. Ses plus fréquentes sorties étaient au profit de la tante Geiser, qui avait rebâti sa maison brûlée pendant le siège. Le cousin de Gette n'avait pas réalisé le désir exprimé par son père. Au lieu de suivre l'exemple d'Eugène, comme on en avait conçu un instant l'espoir, Aristide s'était lié avec les sujets les moins recommandables du lycée, et, pendant que le jeune Ditz arrivait au but de ses études et entrait à Saint-Cyr, le fils du juge, toujours à la queue des classes, échouait misérablement au baccalauréat. Il dut faire, bon gré, mal gré, son service militaire comme simple soldat de la ligne. Le hasard permit que le régiment auquel on l'incorpora fût celui d'Eugène, alors en garnison à Lyon. Mais l'orgueil d'Aristide avait grandi dans la mesure de sa nullité. Il se trouvait humilié d'avoir pour chef celui dont, plus que jamais, il dédaignait l'humble origine, et il ne se donnait même pas la peine de dissimuler les sentiments rageurs qui l'emplissaient. Ses lettres à sa famille étaient pleines de réflexions amères sur l'injustice du sort et le mauvais choix des chefs. M. Geiser se contentait de hausser les épaules, en disant qu'Aristide avait été l'artisan de son sort et devait le subir tel qu'il se l'était fait. Mais Mme Geiser, qui aimait d'autant plus son petit-fils qu'elle le savait plus malheureux, s'était mise à détester les Ditz. Louise, enveloppée dans cette aversion irraisonnée, n'osa plus dès lors se présenter chez la tante de Gette, lorsque son amie la priait de l'y accompagner.

Un jour du mois de juin, Gette, assise dans le jardin sous le berceau de verdure, à côté de sa tante et de sa grand'mère, venait de se lever pour aller cueillir les fraises du dessert ; tout à coup la chanson dont elle accompagnait son travail expira sur ses lèvres : un cri de détresse avait retenti dans la maison. Elle s'élança dans le vestibule. M. Geiser, à demi privé de sentiment, venait de s'affaisser sur la première marche de l'escalier.

« Qu'y a-t-il? demanda Gette, épouvantée, à son père, qui s'était précipité au secours du juge.

— Pas un mot aux grand'mères, Gette! » dit M. Bernard.

Il ajouta :

« Aristide a menacé de souffleter un de ses chefs.

— O mon Dieu!

— Il va passer en conseil de guerre.

— N'y aurait-il rien à faire? Eugène Ditz ne pourrait-il pas quelque chose pour lui!

— Le cas est à peu près désespéré, car il faudrait pouvoir agir avec une promptitude presque impossible!

— Si tu allais à Lyon! oh! père! si tu y allais toi-même, dit Gette. Tes anciens services feraient sûrement que l'on t'écouterait. Et puis j'ai la conviction qu'Eugène interviendrait. »

Le capitaine réfléchit un instant.

« Qui sait si le chef qu'il a voulu frapper n'est pas Eugène lui-même! reprit-il.

— Ce serait une raison de plus pour espérer, » répondit Gette.

Peu de temps après, M. Bernard, sous un prétexte improvisé, se dirigeait vers la gare pour prendre le train de Lyon.

A peine était-il parti que Louise, tout émue, arrivait.

« Louise, sais-tu quelque chose? dit Gette avec anxiété. Eugène a-t-il écrit? Nous savons tout ici, ajouta-t-elle en voyant que Louise hésitait; ainsi tu peux parler.

— Alors vous n'ignorez pas que la faute d'Aristide est bien grave au point de vue de la discipline? répondit Louise.

« Mais, ajouta-t-elle, je tenais à venir dire à ton père que l'offensé lui pardonne et qu'il est prêt à faire tout son possible pour le sauver.

— Papa aurait-il donc deviné juste? Est-ce bien à Eugène que mon cousin a manqué?

— Oui, » murmura Louise.

En dépit des précautions prises pour dérober la vérité à la grand'mère d'Aristide, on n'avait pu réussir à lui cacher l'émotion dont chacun était agité. Elle devina la vérité, ou plutôt elle parvint à l'arracher à son fils, trop frappé lui-même pour conserver tout son courage et toute sa présence d'esprit. On devine les angoisses de la pauvre femme, qui reconnaissait enfin, et avec un profond regret, que la mauvaise conduite de son petit-fils chéri était causée, en grande partie, par la mauvaise éducation qu'elle lui avait donnée et par l'indulgence dont elle avait usé à son égard.

Enfin, après huit jours d'attente fiévreuse, une dépêche du capitaine adressée à Gette, et contenant ce seul mot : « Acquitté », leur rendait la vie. Ce mot, Gette n'avait pas eu besoin de le prononcer; l'expression de son visage avait parlé pour elle lorsque, le télégramme à la main, elle s'était présentée devant les malheureux parents.

Une lettre suivait de près la dépêche.

« C'est aujourd'hui seulement, ma chère Gette, disait le capitaine, qui chargeait sa fille d'apprendre avec ménagement à Mme Geiser et à son fils les détails de ce douloureux procès; c'est aujourd'hui seulement que le sort d'Aristide s'est décidé. Eugène, car, je l'avais deviné, c'est lui qui avait été offensé, et offensé publiquement, ce qui est cause qu'il n'a pu étouffer l'affaire, s'est conduit de la manière la plus chevaleresque; non seulement il n'a fait aucun rapport défavorable contre Aristide, mais encore il l'a défendu en ami. Son plaidoyer se terminait à peu près de cette manière :

« Veuillez considérer, messieurs, que l'offense qui nous occupe ne s'est
« adressée ni à l'uniforme ni au grade. Nés tous deux dans la même

« petite ville, nous avons été, Geiser et moi, compagnons d'étude et de
« jeux. Or, vous le savez, entre camarades, les soufflets sont une mon-
« naie courante. En agissant comme il l'a fait, Geiser n'a vu devant lui
« que le compagnon de sa jeunesse. Sans doute, l'acte est répréhensible
« en lui-même, mais on ne saurait lui donner la signification qu'il aurait
« eue s'il se fût produit vis-à-vis d'un autre officier. En conséquence, je
« me permets d'appeler sur mon camarade et compatriote toute l'indul-
« gence du conseil et de réclamer pour lui la peine la plus légère, si
« contre mon désir et mon attente, il avait encouru une punition. »

« Aristide, abattu, gardait une posture humiliée. Le conseil délibé-
rait : le lieutenant Ditz est adoré au régiment. Son colonel l'estime au
plus haut degré et lui prédit un avenir des plus brillants. Après une
heure, intolérablement longue, le verdict fut prononcé.

« C'était la grâce : la seule condition qu'on lui imposait, c'était de
partir immédiatement pour l'Afrique.

« Qui sait ! ce sera peut-être pour lui l'occasion de devenir un héros!
Il y en a bien qui regarderaient cela comme une récompense. »

« Ce n'est pas l'avenir que j'avais rêvé pour lui? dit tristement
M. Geiser après la lecture de la lettre. J'avais espéré, une fois son temps
du service fini, qu'il terminerait ses études et qu'il entrerait comme
moi dans la magistrature ; mais qu'il devienne enfin un homme, et mes
derniers vœux seront remplis.

— L'Afrique est bien loin, et je suis bien vieille, gémit Mᵐᵉ Geiser ;
mais la vie d'Aristide est sauvée... je ne me plaindrai de rien! »

XIV

CONCLUSION

Trois ans s'étaient écoulés; on était en pleine expédition de Tunisie, et on s'en occupait, en Alsace, avec cette chaleur particulièrement sympathique que rencontre tout bruit d'événements touchant la France. D'ailleurs, tous étaient intéressés directement à cette guerre : Eugène y prenait part aussi bien qu'Aristide, dont la conduite n'avait pas donné lieu au moindre blâme depuis trois ans, et qui même avait gagné, dès le début de la campagne, les galons de sergent. Bien qu'on parlât de la fin des hostilités, aucune nouvelle des chers absents ne parvenait plus aux familles, dont l'inquiétude allait grandissant. Gette et Louise travaillaient silencieusement, l'esprit occupé de tristes pensées. Louise terminait un paysage qu'elle comptait présenter à un concours ouvert dans une ville voisine; la jeune fille avait fait de grands progrès en peinture, et promettait de devenir une artiste distinguée.

« Tu seras médaillée, ma petite fée ! dit Gette en jetant un regard ravi sur son dessin.

— Une lettre d'Eugène me paraît plus désirable, en ce moment, que toutes les médailles du monde ! répondit Louise en levant ses grands yeux tristes sur son amie.

— Lettre et médaille t'arriveront, crois-moi ! » répondait Gette.

Mais le temps passait, et l'automne commençait à colorer d'un rouge vif le joli feuillage du berceau de vigne vierge sous lequel les deux amies aimaient à s'établir pour travailler pendant les beaux jours.

Un soir que Gette était assise avec son père dans le petit salon, un

« Entrez donc, lieutenant. »

coup frappé à la porte la fit tressaillir. Sur l'invitation de son père, la porte fut ouverte par un jeune homme au teint bronzé et à la boutonnière fleurie du ruban rouge.

« Eugène ! » s'écria le capitaine.

Le jeune officier serra la main qui lui était tendue, puis, se tournant vers la porte restée ouverte :

« Entrez donc, lieutenant ! « dit-il.

Gette, à demi troublée, à demi curieuse, se levait pour faire accueil au frère de Louise et voir celui qu'il nommait lieutenant. Le capitaine poussa une telle exclamation d'étonnement que la jeune fille répéta après lui :

« Aristide! Est-ce possible?

— Oui, mademoiselle : le lieutenant Aristide Geiser, mon ami, prononça Eugène en s'inclinant devant la jeune fille. Un héros! ajouta-t-il avec émotion.

— Oh! un héros! fit Aristide en riant pour cacher son embarras.

— Seriez-vous blessé, mon cousin? demanda Gette, remarquant une certaine gêne dans les mouvements d'Aristide.

— Bah! une éraflure! répondit-il.

— Oui, dit Eugène avec feu, une éraflure : c'est-à-dire un de ces terribles coups de yatagan qui tuent net un homme. Ne nous demandez ni à l'un ni à l'autre comment il a survécu à son horrible blessure. Je ne sais qu'une chose, c'est qu'il l'a reçue en me sauvant la vie. Sans lui...

— Pas un mot de plus... je te l'ordonne... fit Aristide l'interrompant. Ici tu n'es plus mon supérieur, entends-tu, capitaine?

— Allons, bon! s'écria M. Bernard en riant, capitaine? Le voilà mon égal en grade, et il n'a pas, de longtemps, droit à la retraite! »

Quelques minutes plus tard, Gette entrait comme une bombe dans le salon de Geiser.

« Je vous annonce, dit-elle, le lieutenant Aristide Geiser. »

Ce fut une confusion indescriptible de baisers, de larmes, de cris, d'exclamations.

Comme une joie n'arrive jamais seule, une lettre annonçant à Louise que l'aquarelle envoyée par elle au concours avait été couronnée, lui parvenait quelques jours après.

« N'ai-je pas été un peu prophète, Louise? » disait Gette, aussi rayonnante que si la lettre eût été adressée à elle-même.

. . . .

Faut-il ajouter que tous ces bonheurs ont reçu leur couronnement?

Eugène n'est plus retourné en Afrique, Aristide non plus. Ils sont en garnison l'un à Belfort, l'autre à Nancy, tout près, par conséquent, de leur chère Alsace, et l'on ne trouvera pas singulier, j'imagine, que Gette soit devenue l'heureuse petite femme du capitaine Dilz, de même que Louise est devenue celle d'Aristide, complètement métamorphosé.

FIN

TABLE

SOCIÉTÉ ANONYME D'IMPRIMERIE DE VILLEFRANCHE-DE-ROUERGUE
Jules Bardoux, Directeur.

A LA MÊME LIBRAIRIE

Collection de volumes illustrés, format petit in-4°
Chaque volume broché, 1 fr. 25. Relié toile, tranches dorées, 2 fr. 75

Collection de volumes illustrés, format petit in-4°
Chaque volume broché, 1 fr. 50. Relié toile, tranches dorées, 3 fr. 50

Collection de volumes illustrés, format petit in-4°
Chaque volume broché, 1 fr. 90. Relié toile, tranches dorées, 4 fr.

Collection de volumes illustrés, format petit in-4°.
Chaque volume broché, 2 fr. 90. Relié toile, tranches dorées, 4 fr. 75

Imp. de la Soc. de Typ. – NOIZETTE, 8, r. Campagne-Première, Paris.

www.ingramcontent.com/pod-product-compliance
Lightning Source LLC
Chambersburg PA
CBHW060456260626
47161CB00005B/2125